ちぎれたハート

ダイアナ・パーマー
竹原　麗 訳

THE PATIENT NURSE

by Diana Palmer

This edition is published by arrangement with Harlequin Enterprises ULC.

Published by Harlequin Japan,

a Division of K.K. HarperCollins Japan, 2024

ダイアナ・パーマー
シリーズロマンスの世界でもっとも売れている作家のひとり。各紙のベストセラーリストにもたびたび登場している。かつて新聞記者として締め切りに追われる多忙な毎日を経験したことから、今も精力的に執筆を続ける。大の親日家として知られており、日本の言葉と文化を学んでいる。ジョージア州在住。

◆主要登場人物

ノリーン・ケンジントン……看護師。
イサドラ……………………ノリーンの従姉。故人。
ラモン・コルテロ…………イサドラの夫。心臓外科医。
ハル・ケンジントン………イサドラの父。ノリーンの伯父。
メアリー……………………イサドラの母。ノリーンの伯母。
ブラッド・ドナルドソン……ノリーンの同僚。医療技術者。
マイヤーズ…………………ノリーンの主治医。
ポリー・プリム……………看護師。

1

ひやかしまじりのひそひそ声が耳に入ってくる。ラモンは聖メアリー病院の廊下を歩きながら、つい頬がゆるみそうになって困った。その朝、ラモンは地元のテレビ局の取材を受け、手術中の癖をきかれた。インタビュアーは、心臓切開手術で世界的に有名なラモン・コルテロ医師から、ロックグループのデスペラードを聴くのが好きだと聞き出した。心疾患集中治療病棟の看護師や医療スタッフたちは、一日じゅうそのことでラモンをからかった。日々きつい仕事をこなしている仲間にからかわれても、不快感は覚えない。

ラモンは緑色の手術着姿で廊下を進みながら、黒い瞳を泳がせて、たった今、心臓弁の置換手術を終えたばかりの患者の妻を探した。

集中治療室の看護師が待合室に案内したはずだが、そこに彼女の姿はなかった。彼女の夫は穴の開いた人工弁に肺炎を併発して病院に運びこまれ、成功率の低い手術を受けた。患者の命を救うため、ラモンは持てる技術のすべてを駆使し、何度か祈りの言葉を唱えた。おかげで今、患者の妻にうれしいニュースを伝えることができる。

近くでエレベーターの扉が開く音がして、ラモンは振り返った。探していた女性が、十代の息子と夫の親族たちに囲まれるようにして現れた。その中年女性の赤く泣きはらした目には、絶望的なまでの願いがこめられていた。

ラモンはほほえみ、彼女が怖くて口にできないらしい質問に答えた。「ご主人は危機を脱しました。丈夫な心臓をお持ちですね」

「ああ、神さま」女性はつぶやき、息子を抱きしめた。「よかった！　ありがとうございます、先生」手を差し出して、ラモンの手を握りしめた。

「どういたしまして（デ・ナーダ）」ラモンは優しく笑いかけた。「ご主人を助けることができて、よかった」

気さくなアフリカ系アメリカ人の心臓内科医が、ラモンの近くでにこにこ笑っていた。その中年女性と息子が病院に着いたとき、彼らに手術の説明をし、慰めと希望の光を与えたのは彼だった。女性は心臓内科医にも笑いかけて礼を言った。

ベン・コープランド医師は肩をすくめた。「それが医者のつとめですから。ご主人は廊下の奥の集中治療室にいます。モニターの取り付けが終わったら、面会できますよ」

患者の妻は涙を流しながら、礼の言葉を繰り返した。通りかかった看護師が、安心した家族を待合室に案内していった。

「あの患者が運びこまれたとき、僕はコーヒー一杯でも助かるほうに賭ける（か）気はしなかった」ベンがラモンに話しかけた。
「僕もそうだ」ラモンは険しい顔で答えた。「幸運に恵まれることもあるさ」ため息をついて、のびをした。「一週間、眠れそうな感じだけど、僕はまだ勤務中だ。君はもう帰るんだろう」

ベンはにやりとした。
「運のいいやつだな」ラモンは手を振ってベンと別れ、ふたりの患者の容態を見に向かった。どちらもラモンが神に助けられて手術をし、死の淵から引き戻した患者たちだ。ラモンはその日、三回の手術をこなしていた。体がこわばり、疲れていたが、心地よい疲労だ。窓辺で足をとめ、病院の本棟の外壁に取りつけられた巨大な十字のネオンサインを眺めた。静かな満足感がわいてきた。祈りはかなえられる。今夜、神は彼の祈りをかなえてくれた。

患者たちを診察し、カルテに指示を書きこんでから、着替えをすませて通りの向かい側にあるオキーフ市立病院に行った。その病院にも彼が手術をした患者が三人いる。家に帰る途中、ディケーターにあるエモリー大学病院にも立ち寄った。すべての回診を終えて自宅に戻った。

ひとりで。

アパートメントは広々としていたが、裕福な男の住まいには見えなかった。ラモンは子供時代をキューバの首都ハバナの貧民街で過ごし、そのころの名残からか簡素な生活を好んでいた。彼はピオ・バローハの短編集を手に取って、悲しそうな笑みを浮かべた。その本の表紙の内側に書かれた言葉は、ラモンの心に刻みつけられている。〈ラモンへ。イサドラより愛をこめて〉

二年前、妻はよりによって肺炎でこの世を去った。ラモンが心臓外科の国際会議に出席するために海外に出ていたあいだの出来事だった。看護を頼んでいた従妹(いとこ)のノリーンがひと晩じゅうイサドラをほうっておいたせいだ。肺に水がたまり、高熱に苦しみながら妻は死んだのだ。

皮肉なことに、ラモンはたった一度だけ、本当に自分が必要とされたときに家にいなかった。正看護師のノリーンに看護を頼んでおいたのに、イサドラはほうっておかれ、ラモンが家に戻ったときには手遅れだった。ラモンはそれ以来ずっとノリーンを責めている。ノリーンが必死で釈明しようとしても、ラモンは聞こうとしなかった。ノリーンの罪はだれの目にも明らかだった。ノリーンの伯父と伯母、つまりイサドラの両親も、ラモンと同じように激しく彼女を責めた。

ラモンは本を下に置いて、いとしげに表紙を手で撫(な)でた。二十世紀初めのスペイン人の小説家バローハは医者でもあり、ラモンの大好きな作家だった。作品集におさめられた物語には、マドリッドの貧民街の生活が余すところなく描かれている。抗生物質が発見される以前の苦痛と悲劇と孤独の物語。それでもなお、そこには希望があった。希望はラモンの仕事と切っても切り離せない。あらゆる手だてを尽くして敗れようとしても、神への信仰と奇跡への希望を失ってはいけない。今夜、その奇跡は起こった。ラモンはうれしかった。あの夫婦は愛しあっている。彼とイサドラがそうだったように。少なくとも初めのうちはそうだった……。

不意に電話が鳴り響き、ラモンは顔を上げて眉をひそめた。規則では真夜中まで待機中だ。病院からの呼び出しだろうか。

ラモンは受話器を取った。「コルテロです」

わずかな間をおいて、声が聞こえてきた。「ラモン?」

ラモンの顔がこわばった。その声にはなじみがある。「ノリーンか。なんの用だ?」ラモンは冷ややかにきいた。

電話の向こうでためらう気配がした。これもおなじみだ。「あなたが伯父の誕生日のパーティに来てくれるかどうか、伯母が知りたがっているの」四角ばった物言いだ。

「いつなんだ?」

「知っているでしょう」

ラモンは腹立たしげにため息をついた。「今度の日曜日に非番だったら行く。君も行くのか?」最後は怒ったような声が出た。

「いいえ」ノリーンは感情を消した声音で言った。「今日、伯父にプレゼントを持っていったわ。伯父と伯母は週末まで街に戻らないそうよ。だから、あなたに電話するよう頼まれたの」

「わかった」

ノリーンは今度もちょっと間をおいた。「伯母には、あなたが行くって言っておくわ」

ノリーンはそう言って電話を切った。

ラモンはフックにおろした受話器をぐっと押さえつけた。受話器の冷たさが手に伝わってくる。それは心の中のイサドラがいた場所と同じように冷たかった。ラモンは妻の死とノリーンとを切り離して考えることができなかった。ノリーンが家にいさえすれば、妻を救えたはずだ。そんな怒りが理不尽だということは、ラモンにもわからないではなかった。彼はイサドラを失った苦痛をやわらげるために恨みを心に抱き、怒りの炎を燃やしてきた。ノリーンを憎むことで安らぎを得、自分を守ったのだ。

ノリーンがラモンの理不尽な仕打ちを責めることはなかった。ただ、彼を避けようとしただけだ。ノリーンはオキーフ市立病院で働いている。その病院はラモンが手術を執刀する聖メアリー病院と道路を隔てた向かいにあった。ノリーンは集中治療病棟の正看護師のひとりで、交代で夜勤についている。オキーフに患者の回診に行くときも、ラモンは彼女を邪険に扱った。ノリーンは看護学の学位を取っていて、医者になれるだけの素質と知性を備えていた。しかし、なぜか医者をめざそうとしなかった。結婚もしていない。二十五歳になる成熟した冷静な女性なのに、ノリーンの生活には男の影がなかった。ラモンの生活に女性がいないのと同じように。

ラモンはキッチンに入って、コーヒーをいれた。ごく短い睡眠をとるだけで十分だ。仕事が生きがいだった。イサドラを失ったあと、仕事がなかったら、どうやって生きていけただろう。

ラモンは悲しげにほほえんだ。イサドラの美しい金髪、笑みをたたえた鮮やかなブルーの瞳を思い出すと、胸が痛む。ノリーンはイサドラのお粗末なコピーのようだった。さえない色合いの金髪、グレーの目、これといって特徴のない顔立ち。イサドラは美しく、優美な物腰を身につけた社交界の花だった。ケンジントン一族は非常に裕福だ。ノリーンは働く必要はなかった。なぜなら、今では彼女が一族の資産を受け継ぐたったひとりの人間だからだ。それなのに、ノリーンには金の使い道もないように見えた。非番のときでさえ、おしゃれをすることなどなさそうだった。アパートメントに住み、伯父や伯母からも、いっさい金銭の援助を受けていない。ノリーンが金の無心をしたら、ケンジントン夫妻はなんと答えるだろう。ラモンはいつの間にかノリーンのことを考えているのに気づいて驚いた。

最初に会った六年前から、ノリーンはラモンにとっては謎だった。イサドラは外向的な社交好きで、一緒にいると楽しかった。ノリーンは物静かで、めったに自分を表に出さず、勉強家で人に打ち解けようとしなかった。当時、ノリーンは看護師の実習を受けていた。仕事を人生でもっとも大事なものだと思っているようだった。

ラモンは顔をしかめた。どうもおかしい。あれほど看護に心を傾けていた女性が、自分の従姉を置き去りにできたのはなぜだろう。イサドラをねたんでいたのかもしれない。それでもやはり、ノリーンが危険な病状の女性を二晩近くも置き去りにできた理由がわからなかった。

妻の葬儀から間もないころ、ラモンの同僚がノリーンのことで何か話そうとした。その医師はラモンに言った。今度のことは悲劇だったな。とくにノリーンのあの状態は。ラモンは聞きたくないと言って、同僚から離れた。あいつは何が言いたかったのだろう。むろん遠い過去のことだ。その同僚はとっくの昔にニューヨークに引っ越してしまった。

ラモンはそんな思いを頭から振り払った。僕にはノリーンよりもっと大事なことがある。

日曜日の午後、ラモンは非番だった。プレゼントの金の腕時計を持って、イサドラの父のハル・ケンジントンに会いに行った。メアリー・ケンジントンが玄関で出迎えてくれた。義理の母は豹柄のシルクのカフタン風ドレスというおしゃれな装いで、イサドラそっくりのプラチナブロンドの髪を頭の上できちんとシニヨンにまとめていた。

「ラモン、よくいらしてくださったわね」メアリーは熱っぽく言って、顔をしかめた。

「ごめんなさい。ノリーンに電話させたりして。あなたをつかまえる時間がなかったものだから」

「いいんですよ」ラモンは機械的に答えた。

メアリーはため息をついた。「ノリーンは私たちが背負わなければならない十字架なのよ。あの子と顔を合わせるのがクリスマスと復活祭だけで助かるわ。それも教会で会うだけだし」

ラモンはメアリーに好奇心に満ちた視線を投げた。「彼女を育てたんでしたよね」

「少しは愛情を感じるべきだと思っているのね」メアリーは苦々しげに笑った。「あの子の父親はハルのたったひとりの弟だったの。あの子が両親を亡くしたとき、引きとるしかなかった。望んでしたことではないわ。あの陰気なことといったら! 子供のころから、あんなふうだったのよ。イサドラは正反対……。きれいで愛らしかったわ。生まれた瞬間から私たちを夢中にさせたのよ。ノリーンはお荷物だった。今でもそう」

ラモンは奇妙な思いにとらわれた。望まれない家庭で暮らすことになったかわいそうな女の子に哀れみを感じ、胸がうずいた。

「ノリーンを愛していないんですか?」ラモンはぶしつけにきいた。

「おやおや、あんな暗い影のような娘を愛せるものかしら?」冷淡な声が返ってきた。

「嫌っているわけじゃないのよ。でもあの子のせいで、イサドラを失った事実を忘れることはできないわ。あなたもそのはずよ」メアリーはラモンを慰めようと軽く腕をたたいた。「イサドラがいなくなって、私たち、すっかり寂しくなったわ」

「そうですね」

ハルはお気に入りの安楽椅子にどっかり座っていた。はげ頭が天井のクリスタルのシャンデリアの光を反射している。ハルはふたりの姿を見て、読んでいたヨット雑誌から目を上げた。

「ラモン！　よく来てくれた」ハルは雑誌を置いて立ちあがると、義理の息子と温かい握手を交わした。

「ささやかなものですが」ラモンはハルに美しく包装された箱を渡した。

ハルは包みを開け、時計を見て喜んだ。「ちょうどこんなのが欲しかったんだ。ありがとう」

ラモンは手を振って、ハルを制した。「気に入ってもらえてよかった」

「ノリーンからのプレゼントは財布だったのよ」メアリーがけなすような口ぶりで言った。

「うなぎ革の財布とはな」ハルも頭を振りながら言う。「まったく気がきかない娘だ」

ラモンはノリーンが非番のときに着ている服を思い浮かべた。高価なうなぎ革の財布を買うために、ノリーンは何を我慢したのだろう。ラモンは貧しさを身にしみて知っていた。どれほどつまらないものであっても、贈り物はなんでもうれしかった。

ラモンはノリーンが従姉へのお祝いに、つぼみの形をした小さなクリスタルの花びんを選んだのを思い出した。イサドラはその花びんを無造作にわきにどけて、女友達が持ってきたアイルランド製のリンネルのテーブルクロスに大喜びした。イサドラとラモンの婚約パーティでのことだった。ノリーンは何も言わなかったが、彼女に同伴した看護師が大声で、ノリーンはどうしても必要だったコートをあきらめて、喜んでもくれない従姉のためにくだらない美しい品物を買ったと言った。彼の声はイサドラの耳に届き、彼女は赤くなって花びんを手に取り、遅ればせながらおおげさに喜んでみせた。ノリーンは毅然と顔を上げ、涙を見せなかった。しかし瞳はひどく悲しげに……。

「聞いているのか、ラモン？」ハルが言った。「週末にヨットに乗ろうと言っているんだ」

「いいですね。時間ができたらそうしましょう」ラモンは気乗りしない口ぶりで答えた。

彼は義理の両親といると居心地が悪かった。この夫婦は友人を銀行残高や社会的地位で選ぶ。ラモンが受け入れられたのは、医師として名高く、収入も高かったからだ。十歳のときに両親とキューバから逃げてきたラモン・コルテロでは、将来性のある義理の息子として歓迎してくれなかっただろう。そのことを今、これまでになくはっきり感じた。奇妙なことに、ラモンは最近、こんな取りとめのない思いに悩まされるようになっていた。

ラモンは長居せず、コーヒーとケーキを胃におさめただけで別れを告げた。外に出ると、振り返ってれんが造りの大邸宅を眺めた。なんの感情もわいてこない。中に住んでいる人々と同じようによそよそしい。イサドラの両親と過ごすのを居心地悪く感じるなんて、自分はどうしてしまったのだろう。ふたりともイサドラが亡くなってから、あんなに優しくしてくれたというのに。

ラモンは銀色のベンツを運転して、アパートメントに向かった。妻の葬儀のあと、これほどむなしく感じたことはなかった。たぶん疲労が重なっているのだろう。一週間ほど休暇を取って、バハマに飛ぼう。何日か浜辺でのんびり過ごせば、きっと元気を取り戻せる。

ラモンは車窓を流れる美しい地平線を眺めた。色とりどりのイルミネーションが光り輝いている。まばゆい輝きは、いつも美しいイサドラを思い出させたものだ。イサドラは美そのものだったが、ラモンは今、彼女の別の姿を鮮やかに思い出していた。そのとき、彼女は水兵のような乱暴な言葉でノリーンをののしっていた。従妹がセーターを間違った引き出しにしまったと言って。ノリーンは黙ってセーターをしまい直すと、ラモンと目も合わせずに部屋から出ていった。

イサドラはわざとらしい笑い声をあげ、いいお手伝いを見つけるのは難しいとつぶやいた。従妹にずいぶん冷たいんだなとラモンはイサドラに言った。イサドラは笑い飛ばした。しかしラモンはその後、もっと注意深く観察するようになった。イサドラとその両親は、ノリーンを家族の一員というよりは、召し使いのように扱っていた。彼女は試験勉強の最中でさえ、ひっきりなしに家族に用事を言いつけられていた。

ラモンは一度、試験に通るには長時間勉強する必要があると言ったことがあった。ケンジントン家の三人はぽかんとした顔をした。三人とも大学に行っていなかったので、ラモンの言うことがまるで理解できなかったのだ。ノリーンは容赦なく仕事に追われつづけた。フルタイムの家政婦が雇われたのは、イサドラの結婚の直後にノリーンがケンジントン家を出たあとのことだった。

ラモンは家に戻って、コーヒーをいれた。そうまでノリーンのことを考えてしまう自分にいらいらした。しかも彼女の伯父の誕生日に。ハルやメアリーのためのパーティは以前もあったが、ノリーンがそういう席に加わることはめったになかった。ノリーンでなければできないことが出てくるまで、彼女の存在は忘れられていた。たとえば、インフルエンザにかかったイサドラの看護などがそうだ。

ラモンはイサドラの肺炎とノリーンの無責任さを思い起こし、怒りをあらたにした。妻の欠点はともかく、ラモンはイサドラを愛していた。ノリーンが伯父夫婦と従姉からひどい仕打ちを受けていたからといって、イサドラを死なせていい理由にはならない。愛情をかけてもらえなかったノリーンをかわいそうだとは思うものの、イサドラの死を思うと、怒りしか感じなかった。

ラモンはババハマの離れ小島に宿を取り、ひとりきりで六日間過ごした。浜辺をぶらつき、ここでイサドラと過ごした幸せなハネムーンを悲しく思い出した。妻との関係は決して穏やかなものではなかったが、ラモンは今も妻が恋しかった。

髪に白いものもまじり、ラモンはこれまでになく年齢を感じさせられていた。再婚しなくては。子供を持つべきだ。イサドラは子供を望んでいなかった。ラモンも強くは言わなかった。時間ならたっぷりあると思っていた。

島の日没は鮮烈だった。まるで頭のどうかした男が黒を背景に炎の色で描いたキャンバスのようだ。ラモンは沈む太陽を眺め、岸辺に打ち寄せる波の甘いささやきに耳を傾けた。心にしみる光景を分かちあう人がだれもいないというのは、これほど胸が痛むものなのか。ラモンは孤独だった。この浜辺に、愛する妻と遊び回る子供たちがいてくれたら……。過去を捨て、将来のことを考える時期にきているのだろう。二年間、妻の死をいたんできた。十分すぎる時間だ。

ラモンは休暇の分を取り返すほどの勢いで仕事に打ちこんだ。日がたつにつれ、ますます多くの仕事を引き受けるようになった。オキーフ市立病院で、彼は保険外の患者の手術を請け負った。今は三人の患者が入院している。とくに難しい手術をしたあと、ラモンは心疾患集中治療病棟に呼び出された。夜勤の看護師が患者の容態に不安があるという。

夜勤の看護師がだれか知って、ラモンは気がめいった。ノリーンだった。いつもの白いスラックスにカラフルな長いジャケットを着て、首から聴診器を下げ、髪はアップにしている。ラモンが円形のナースステーションで足をとめると、ノリーンは冷たい視線を投げた。

「君が夜勤だとは思わなかった」ラモンは言った。まだ緑色の手術着を着たままだ。

「必要とあれば、いつだって働くわ。あなたこそ、オキーフになんのご用？」

「手術してほしいという患者がいる。僕は三つの病院に籍を置いているからね。この病院もそのひとつだ」ラモンも冷ややかな口調で答えた。

「そうだったわね。あなたの患者さんのミスター・ハリスが吐いているの。薬も受けつけないわ」

「カルテは？」

ノリーンは問題の患者の病室の入り口に行った。壁にかけられているワイヤーバスケットからカルテを取って、それをラモンに渡した。

ラモンは顔をしかめた。「嘔吐（おうと）は君が夜勤につく前から始まっている。その時点でなんの処置もしなかったのはどういうわけだ？」

「十二時間勤務についている看護師もいるのよ。今日の午後、新しい患者さんが四人も収容されて、その四人がそろって重態なの」

「そんなことは言いわけにならない」

「わかりました、先生」ノリーンは無表情に答えて、ラモンにペンを渡した。「では処置をお願いします」

ラモンはカルテに指示を書きつけた。それから病室に入って、青ざめた顔色の患者を診察した。

ラモンはしかめっ面で病室から出てきた。「ゆうべカテーテルをはずし、今朝また挿入している。なぜなんだ?」

「この患者さんは八時間、排泄(はいせつ)していません。通常の処置として……」

「カテーテルを長くつけていると、細菌感染する危険が高くなる。カテーテルをはずして、患者が排泄したいと言うまで、そのままにしておくんだ」

「わかりました、先生」

「カテーテルをはずさせたのはだれだ?」ラモンは唐突にきいた。

ノリーンはただほほえんだだけだった。

「まあ、いい」ラモンは大儀そうに言った。拷問にかけてもノリーンから答えを引き出せないのはわかった。ラモンはまじまじと彼女の細面の顔を見た。頬だけは赤みが差しているが、顔は全体に青白く、はれぼったい。ラモンは眉をひそめた。ノリーンは心臓病患者によく見かける顔つきをしていた。

「夜勤のスタッフはとても忙しいの。患者さんに付き添って、氷を口に含ませてあげる人がいたらいいんだけど。氷なら吐くこともないでしょうし」

「患者の家族は?」ラモンはノリーンの気づかいに心を動かされた。

「ユタ州に息子さんがいるの。こちらに向かっているんだけど、明日にならないと着かないわ」

ラモンは別の患者の妻がプラスチックの水さしを持って、廊下を小走りしているのに目をとめた。「あの人はどこに?」

ノリーンは笑みを浮かべ、目を輝かせた。「スタッフが製氷機の場所を教えたの。それ以来、私たちの仕事を減らしてくれているわ」

「例外なんだろうな?」

「あの人のほかに、手術を受けた患者の奥さんが三人いるの。夫が喉の渇きを訴えているから水をやってほしいと、五分おきに頼みに来るわ」

「それも看護師の仕事だろう」

「以前は看護師にももっと時間があったわ。患者の数も少なかったし、裁判で訴えられることも今ほど心配しなくてよかった」ノリーンは言い返して、ため息をついた。

「君、大丈夫なのか?」ラモンは彼女の顔をじっと見て、いかにもしぶしぶといった口調で言った。

ノリーンは顔をこわばらせた。「少し疲れているだけよ。診察ありがとうございました、先生」

ラモンは肩をすくめた。「患者の嘔吐が続くようなら、知らせてくれ」

「わかりました、先生」ノリーンは冷ややかに答えた。

ラモンは黒い瞳を細めて、ノリーンのグレーの瞳を探るように見つめた。「君は僕のことを嫌っている。そうだろう?」ラモンはたった今、そのことに気づいたとでもいうように、ぶっきらぼうにきいた。

ノリーンは苦笑いした。「それは私のせりふじゃないかしら?」

ノリーンはラモンに背を向けて、仕事に戻った。すでに彼のことは頭から追い払ったらしい。

病棟から出たラモンは、心の隅に何か引っかかるものがあった。なぜか落ち着かない気分だ。休暇は人をリラックスさせるはずなのに、彼の場合は逆効果だったらしい。

ラモンの背後で、ノリーンは激しい動悸を抑えようとしていた。ひそかに心を捧げている浅黒い肌の長身の男性を目で追わないよう自分に言い聞かせた。その思いはラモンに気づかれていないし、気づかせるつもりもなかった。

六年前、イサドラがラモンを家に連れてきたとき、ノリーンの心は二つに引き裂かれた。彼の温かい黒い瞳、セクシーなほほえみは自分のものではなかった。イサドラ。美しく恋多き女。イサドラはノリーンが口づけをするだけで死んでもいいと思う男性と結婚した。ノリーンはずっと心の秘密を守ってきた。ふたりが結婚していた四年間と、イサドラの死後二年間の苦しい日々。心臓がぼろぼろにすり切れていてもおかしくない。しかし彼女の心臓は、欠陥をかかえて日ごとに悪化しているにもかかわらず、今も脈打っている。

いずれ医者に行くころには、手遅れになっているだろう。そのことは気にならなかった。ノリーンの人生は犠牲と義務だけで成り立っていた。両親を亡くしてから、人生から愛は失われた。しぶしぶ自分を引きとってくれた大きな寂しい家に行ったとき、ノリーンは迷子になったように感じた。彼女はイサドラのメイドで、伯母の秘書と伯父の雑用係を兼ねていた。大人になってからも、いつもひとりぼっちだった。従姉の夫にかなわぬ恋をした。自分の気持ちを知られるのは自尊心が許さなかった。

ラモンはノリーンを憎み、いわれのない罪で彼女を責めつづけている。今もラモンは美しいイサドラのもの。

ノリーンは仕事に気持ちを切り換え、ラモンのことや過去と苦痛を心から締め出した。これまでもそうしてきたように、静かに自分の運命を受け入れたのだ。

2

ノリーンはひとり住まいの寂しい部屋に帰った。猫か犬が一緒だったら、どんなに慰められるだろう。けれどこのアパートメントには、ペット禁止の厳しい規則がある。南部風の美しい二階建てのアパートメントは、配管は旧式で壁のペンキもはがれている。しかし四人の住人にとっては憩いのわが家だ。建物の裏手に小さなガレージがあるのもありがたい。

幸い、間借り人の中で車を持っているのはノリーンと医学生のふたりだけなので、駐車スペースの心配はない。ここは街の真ん中で、通りの角に市内バスの停留所があり、交通の便はいい。だが、ノリーンは車がもたらしてくれる自由が好きだった。小さな古い車だけれど、なんとか走ってくれている。必要に応じ、わずかな料金で車を見てくれる修理工が近くにいるおかげだ。ノリーンは病院でそれ相応の給料をもらっていたが、それでも借金をしないで暮らしていくには節約しなければならなかった。

伯父の家では、物に不自由することはなかった。とはいえ、ノリーンの心はいつもからっぽだった。この部屋にたいして物はないけれど、少なくともノリーンは自活している。愛やつきあいといったものが欠けているとしても、それは今に始まったことではない。たまに、伯母はノリーンを家から追い出したせいで、家政婦兼秘書を雇わなければならなくなったことに気づいただろうかと考える。姪には給料を払う必要はなかった。伯母はノリーンに金を払うことなど考えもしなかっただろう。

ラモンはイサドラの悲劇的な死のあと、新しいアパートメントに引っ越した。愛する妻が死んだ場所に帰るのが耐えられなかったに違いない。あの悲劇の直後、ノリーンはラモンに何度も真実を伝えようとした。しかし悲しみのあまり理性を失っていた彼は、ノリーンに話すらさせなかった。たぶん、最初に会ったときの印象そのままに、冷たいと思われたほうがいいと思っているのだろう。もっとも、彼はノリーンをまともに見たことなどなかったけれど。

ラモンの姿を最初に目にしたときのことを思い出すと、胸が痛む。伯父夫婦の屋敷の正面にとめたジャガーから降り立ったラモン。黒い髪はつややかで、上品なグレーのスーツが、たくましい長身の体をいっそう際立たせていた。彼が家に入ってきた瞬間、ノリーンはその浅黒い肌の端整な顔にある、うるんだ黒い瞳に衝撃を覚え、心臓がとまりそうになった。そんな思いを味わったのは、生まれて初めてだった。頬を赤く染めて口ごもった彼女に、ラモンはからかうような笑みを見せた。今にして思えば、あのとき膝ががくがく震えていたのも、彼に見抜かれていたのだろう。とにかく、ラモンはおもしろがっているような表情を浮かべ、口早に自己紹介した。そして、さっさとノリーンから目をそらし、美しいイサドラに視線を戻した。

「彼があなたを見そめたなんて思わないことね」その夜、イサドラはさげすんだ口調で言った。「ぽうっとばかみたいな目つきで彼のことを見たりして。彼があなたに目をくれるとでも思っているの?」

ノリーンはイサドラのブルーの目を見ることができなかった。「あの人はあなたのものだとわかっているわ」ノリーンは従姉(いとこ)が散らかしたあとを片づけながら、穏やかに言った。

「いい、忘れないで。私、あの人と結婚するわ」

「彼も承知しているの?」ノリーンは思わずぶしつけな質問をしていた。

「もちろん、まだよ」従姉は放心した表情でつぶやいた。「だけど、私はそのつもり」

そして二カ月後、イサドラは結婚した。花嫁の付き添い人はノリーンではなく、イサドラの遊び仲間のひとりがつとめた。

ラモンは間違ったことには目をつぶっていられないたちだった。花嫁の付き添い人の選び方に疑問を感じた。結婚式の二日前、イサドラが母親とウエディングドレスに夢中になっているあいだに、ふらりとキッチンに姿を見せた。ノリーンはオーブンから小さなティーケーキを取り出していた。ラモンはキッチンの入り口で足をとめ、ノリーンになぜ結婚式に出ないのかときいた。

「私？」キッチンにこもった熱気で、ノリーンは汗ばんでいた。午後のコーヒーのときに出すお菓子を焼くよう言いつけられ、ずっとそこにいたのだ。

ラモンは眉をひそめた。「君はジーンズと、その……」気持ちがたっぷり伝わる手つきをした。「スウェットシャツ以外の服を着ることはないのか？」

ノリーンは彼から目をそらした。「家の中で動き回るには、これがいいの」

ノリーンはラモンの視線を感じながら、焼きあがったケーキを皿にのせた。

「イサドラは料理が嫌いなんだ」

「人を雇うのに反対じゃないんでしょう」ノリーンは落ち着かなかった。ラモンに近くにいられるのはいやだった。自分の気持ちを見透かされそうで怖かった。「イサドラはあんなにきれいなのよ。家事で時間をつぶすことはないわ」

「ねたんでいるのかい？　彼女がきれいで、君がそうじゃないから」

茶化すような言い方に、ノリーンの淡いグレーの瞳がきらりと光った。めったに人に言い返すことのないノリーンだったが、ラモンはどうやら彼女の中に眠っていた激しい気性を引きずり出したらしい。ノリーン自身、自分の中にそんなものがひそんでいようとは思ってもいなかった。

ノリーンはそのとき、背すじをぐっとのばし、熱気と怒りで顔を真っ赤にしてラモンをにらみつけたのだ。「ありがとう。わざわざ足りないものを思い出させてくれて。私に鏡を見る能力があるなんて思いもしなかったようね」

一瞬、ラモンの瞳が輝いた。ノリーンにそんなまなざしを向けるのは初めてだった。きらきら光る瞳を細め、じっとノリーンを見つめている。ノリーンの心臓が狂ったように打ちはじめた。

「なるほど、君は黙って人の言いなりになる人間でもないんだな」

「とんでもない（ノ・ソイ）」ノリーンは学校で習った完璧（かんぺき）なスペイン語で答えた。「セニョール、あなたは紳士ではありませんわね（イ・ウステ、セニョール・ノ・エス・ニングン・カバレロ）」

ラモンはぐっと眉を上げた。「君って人は、びっくりさせてくれるよ（ケ・ソルプレサ・エレス）」彼はノリーンの格式ばった表現に、身内だけで使うくだけた表現で答えた。

ノリーンはそれに気づいて、顔を赤くした。「私がスペイン語を話せるから？」

ラモンはほほえんだ。そのときだけは、いつものあざけりが消えていた。「イサドラは話せないんだ、今のところはね。必要な言葉くらいは教えるつもりだよ。むろん人前では使えない言葉だが」

こうして過去を振り返ってみると、ラモンはノリーンをあざけるとき、決まって彼自身のイサドラへの思いを引きあいにした。最初からそんなふうだった。ラモンたちが一回目の結婚記念日を祝うころには、それがもっとひどくなった。

ノリーンはそのパーティに招かれた理由さえはっきりとわからなかった。行く気もなかったのだが、ラモンが迎えの車をよこした。

イサドラはノリーンが来たことに猛烈に腹を立てた。ラモンがちょっと席をはずしたすきに、彼女はノリーンをキッチンに引っぱっていった。イサドラの爪が腕に食いこみ、ノリーンは肌が裂けそうな気がした。

「何しに来たのよ?」イサドラは激しくつめ寄った。「あなたなんか、招待していないわよ!」

「ラモンに言われたから」ノリーンは歯を食いしばり、どうにか言葉をしぼり出した。

イサドラは金色の細い眉をつりあげた。「そういうことなの」そう言って、いきなりノリーンの腕を放した。「彼、仕返しする気なのね。あの人が手術でニューヨークに行った留守に、私がラリーを食事によんだから。自分は家にいたこともないくせに、私にどうしろと言うのよ」イサドラは怒りをこめてノリーンを眺め回した。「あの人があなたに気があるなんて思っちゃだめよ。あなたを来させたのだって、私に嫉妬させたいがためなんだから」

ノリーンは息をのんだ。「まさかそんな。ラモンは私を嫌っているのよ。いつも胸にぐさりとくるようなことばかり言っているじゃないの」

イサドラは深いブルーの目でじっとノリーンを見つめた。「ちっともわかっていないのね、ノリーン。あなたったら、まだまだ子供なんだわ」

「わかっていないって、なんのことだい？」

ラモンが険しい顔つきでキッチンに入ってきた。「どうしてこんなところに隠れているんだ」彼はイサドラに言った。「客がいるんだぞ」

「そう、お客さまがいるのよね？」イサドラはノリーンのほうを意味ありげに見た。「ラリーを招待するんだったわ」

ラモンの目に怒りがみなぎった。イサドラがさっと彼の腕の下をかいくぐって客たちのほうに戻ったので、ラモンが怒りを爆発させる相手はノリーンしかいなくなった。

「家政婦さんのお出ましか」ラモンは冷ややかに言ってから、いつものジーンズとスウェットシャツ姿のノリーンをにらみつけた。「パーティなんだよ。ドレスを着るくらいできないのか？」

「もともと来たくなかったのよ」ノリーンは言い返した。「あなたが無理やり連れてきたんじゃないの」

「なぜかな。理由はだれにもわからない」ラモンはふたたびノリーンを冷たく見た。

ノリーンは何も言えなくなった。自分がひどく場違いに感じられた。

ラモンが近づいてきて、ノリーンはとっさに後ろに下がった。ラモンはすばらしく魅力的な表情を浮かべていた。ノリーンが本能的に下がったせいで事態はさらに悪くなった。「僕のことが嫌いか？」ラモンがつぶやいて、もっと近づいてきた。ノリーンの体は流しに押しつけられた。「ひっそり目立たなくして、男の熱い視線を拒むんだね。相手が毛嫌いしている男だからかな」

ノリーンはラモンの言葉に身震いした。「結婚している男性だからよ」激しく言い返す。

ノリーンの言葉は望んだとおりの効果をあげ、ラモンはそれ以上近づこうとしなかった。ノリーンが与えることのできない答えを読みとろうとするように、じっと目をのぞきこんだだけだった。

「くるくる働くこまねずみか」軽蔑するような口調だ。「聖女でいるのに飽きることはないのか？」

ノリーンは息をのんだ。「もう、行かせて」

ラモンは息を吸った。「どこに行こうというんだ。僕から逃げ出すのか？」

「あなたは私の従姉と結婚しているのよ」ノリーンは歯を食いしばった。ラモンに惹かれる気持ちと闘うあまり、気分が悪くなってきた。

「ああ、僕は結婚している。あの美しく魅力的な顔も体もすべて僕のものだ。男どもは嫉妬に身を焦がしている。頭がよくて美しいイサドラ。薬指には僕の指輪をはめている」

「ええ、彼女は……きれいだわ」ノリーンは声をつまらせた。

ラモンの怒りの激しさにノリーンはおびえた。黒い瞳が刃のように切りつけてくる。彼に憎まれているのは確かだ。でも、どうして？　私は一度だって彼を傷つけたことはないのに。

急にラモンが体をわきにずらした。いつもの礼儀正しさが戻っていた。

「僕はハバナの貧民街で育った」ラモンは静かに話しはじめた。「両親は苦労して大学を出た。教育を受けて貧困から抜け出そうとしたんだ。僕たちはアメリカにやってきて地位も金も手に入れたが、僕は出発点を忘れてはいない。僕はあそこにいる連中に……」頭を傾け、リビングルームのほうを指して続ける。「軽蔑しか感じないときがある。彼らは知らないんだ……貧困が心をゆがめることさえあるって事実をね」

「どうして、私にそんな話をするの？」

ラモンは少し表情をやわらげた。「君が貧しさを知っているからだよ」そう答えて、ノリーンをびっくりさせた。ラモンが自分のことを少しでも知っているとは思ってもみなかった。「君の家は農家だったんだろう？」

ノリーンはうなずいた。「私の両親は伯父夫婦とあまり仲がよくなかったの。世間の目がなかったら、私は両親が死んだあと養護施設に入れられていたわ」

「養護施設はそれほどひどい場所なのかな？」

その問いかけは、今もノリーンをいやな気持ちにさせた。まるでラモンはケンジントン家でのノリーンの生活を知っているように思えた。亡き父の兄とその義理の姉、そして美しいイサドラとの生活。ばかばかしい。ラモンが理解していると思うなんて。

その一方で、疑問を感じてもいた。イサドラは彼を理解していたのかしら。子供時代がどんなふうに現在の彼をつくったかを。ラモンは貧しい患者の診察を断ったり、彼の助けを必要としている人に背を向けたりはしない。ノリーンはラモンほど心の広い男性に会ったことはなかった。

イサドラは夫のそんな面を嫌っていた。

「彼ったら、路上で生活してる人にお金をあげるのよ。信じられる?」イサドラが、結婚生活も二年目になるクリスマスの時季に言ったことがあった。「私たち、そのことで大げんかをしたの。彼らは社会のくずだわ。なんだってお金なんかやるのかしら」

ノリーンは何も言わなかった。わずかな額ではあっても、彼女はホームレスの人々のための援助活動に寄付していた。休暇中に、食事を配るボランティアに参加することもあった。

そんな休暇中のある日、ノリーンはラモンがスーツにエプロンがけの姿で、横に立ったのに気づいてびっくりした。

「そんなに驚くなよ」ラモンはノリーンの顔つきを見て言った。「病院のスタッフの半分はこっそりここに来て、自分にできることをしているんだ」

それから一時間、ノリーンは彼の隣で、温かい食事を求めて集まってきた貧しい人々にスープをつぎ分けた。少ないけれども収入があり、雨露をしのぐ屋根があることに感謝の気持ちがこみあげる。ふたりの幼い子供を連れた母親がその日の一回だけの食事にありつけた礼を言って笑いかけたとき、ノリーンは目頭が熱くなった。

ラモンが彼女の手にハンカチを握らせて、ささやいた。「やめてくれ（ノ・アガス）」

「あなたは涙なんか流さないんでしょうね」ノリーンは彼のハンカチで涙をぬぐった。しみひとつないハンカチはエキゾチックな香りがした。

ラモンは低い声で笑った。「そうかな？」

ノリーンは問いかけるように彼を見あげた。

「僕は両親を愛していた」静かな声だった。「親を亡くしたときは……。僕だって石でできているわけじゃない」

ノリーンはスープをつぐ仕事に集中しようとした。「ラテン系の人はどんなことにも情熱的なんですってね」考えもしないで口をすべらせた。

「ああ、どんなことにも」ラモンの声の調子はなぜかノリーンを身震いさせた。

ノリーンは彼にハンカチを返そうとした。最初、ラモンは受けとろうとしなかった。

ノリーンを見つめるラモンのまなざしが残酷な色を帯びた。「それを枕（まくら）の下に置くといい。刺激されて、君のからっぽの生活を埋めてくれる夢が見られるんじゃないかな」

ノリーンはショックのあまりあえいだ。それがラモンに理性を取り戻させたようだ。

「すまなかった」ラモンはハンカチをつかみとり、見るのも腹立たしいといった感じで、ズボンのポケットにぐいと押しこんだ。


そのほかにも忘れられない事件があった。ノリーンが急にイサドラに呼びつけられたときだ。ラモンが車を使わせてくれないので、都心まで車で送ってほしいと言われたのだ。

ノリーンがメイドに案内されると同時に、リビングルームから激しい怒声が聞こえてきた。

「好きなように使うわ！」イサドラが声を荒らげていた。「少し贅沢するくらいなによ！私には夫なんていないんだから。私たち、一緒に食事もしていないのよ！一緒に寝ることだって……」

「イサドラ」ノリーンは声をかけた。夫婦げんかがもっと激しくならないうちに、自分が来たことを気づかせたかった。

「彼女がなぜここに？」ラモンの怒った声が聞こえてきた。

ノリーンは開いているリビングルームのドアの前で入るのをためらった。

「ショッピングモールまで車で送ってもらうのよ」イサドラが憎々しげに夫に言う。「あなたが送ってくれないからよ」イサドラはノリーンのほうをちらっと見た。「入って。影みたいにそんなところに突っ立っていないでよ」

ノリーンはラモンの怒った目つきで、彼が何を考えているかわかった。病院で働いているときは、きちんとした身なりをしているのに、ふだんの格好はまるで農家の娘だな、と思っているのだ。

「まったくもう、ノリーン。ほかの服を持っていないの？」イサドラが怒った口ぶりで言った。

「ほかの服なんて必要ないわ」ノリーンはそう答えた。彼女の収入では家賃と車のガソリン代を払うのがやっとで、きれいな服を買う余裕などない。しかし、従姉夫婦にそれを知られたくなかった。

「節約家なんだね」ラモンがわざとらしく感心したように言った。

イサドラは夫をにらみつけると、バッグとカシミアのセーターをさっとつかんだ。「あなたはこの子と結婚すべきだったのよ！　料理も掃除もできる。ホームレスみたいな格好でも平気だわ。子供だって好きかもよ」

「ホームレスの人たちがどんな格好をしているか、知っているのか？」ラモンは妻に冷ややかにきいた。「君はあの人たちに目をくれようともしないじゃないか」

「ごめんこうむるわ。ひとり残らずつかまえて、刑務所にでも入れてしまえばいいのよ」

ノリーンは子供連れの母親のことを思い出し、胃がむかむかしてきた。イサドラに背を向け、何か言い返したい気持ちを必死で抑えた。

「くそっ、好きにすればいいさ」ラモンが言い放った。

イサドラはきゅっと眉を上げた。「その口のきき方！」たしなめるように言う。「今までののしることなんてなかったのに」

「今まではそうする理由もなかったからね」

イサドラは不満そうに鼻を鳴らした。そしてノリーンについてくるように合図すると、部屋から出ていった。


イサドラは死ぬ一週間前、軽い気管支炎にかかった。ラモンは同僚の外科医とともにパリに飛ぶことになっていた。最先端の心臓切開手術をテーマにした国際会議があったのだ。イサドラも一緒に行きたがったが、ラモンは反対した。症状は軽いとはいえ、肺に炎症を起こしている妻が、加圧された飛行機の客室で過ごすのは危険だった。

ラモンはオキーフ市立病院のナースステーションでノリーンをつかまえ、自分の留守中、イサドラの看護をしてくれと頼んだ。

「僕への腹いせに、何かばかなことをするかもしれない」ラモンは険しい顔で言った。「厳しく監視してほしい。決してそばを離れないと約束してくれないか」

「約束するわ」

「少しでも悪化の徴候が見えたら、病院に連れていってくれ。肺炎にかかったら致命的だ」

「ちゃんと面倒をみるわ」ノリーンは言った。

ラモンはきついまなざしでノリーンの瞳の奥を探った。「君とイサドラはちっとも似ていない」

ノリーンの顔がこわばった。「思い出させてくれてありがとう。まだ侮辱したいことがあるの？」

ラモンはショックを受けたらしい。「侮辱するつもりで言ったんじゃないよ」

「でしょうね」ノリーンは冷たく言って、仕事に戻った。「あなたが私を見るのもいやだと思っているのは知っているわ。でも、あなたが信じようと信じまいと、私は従姉を愛しているの。しっかりイサドラの面倒をみるわ」

「君は優秀な看護師だ」

「お世辞なんかよして」ノリーンは何年もかぶってきた仮面をつけて、わざとうんざりしたように言った。「彼女のそばから離れないと言ったでしょう」

いきなりラモンに腕をつかまれ、ノリーンはびっくりして振り向いた。ラモンの瞳がぎらぎら燃えている。

「僕は欲しいものを手に入れるのにお世辞なんか使わない。まして君にお世辞など言うものか」

「わかったわ」ノリーンは腕を痛いほどつかんでいる彼の手を振りほどこうとした。

ラモンは生まれて初めて、自制心を失っていた。ノリーンの腕をつかむだけでなく、揺さぶりさえした。「なぜパリに行けないか、わからせてやってくれ。彼女は僕の言うことに耳を貸そうとしない」

「そうするわ。でも、喜ぶべきでしょう。そんなにあなたと一緒にいたいんですもの」

ラモンの手に力が加わった。「イサドラの恋人も会議に出るんだ」短い笑いがもれた。

「それで、あんなに行きたがっているんだ」

ノリーンは動揺のあまり顔をこわばらせた。

「知らなかったのか?」ラモンは優しい口調できいた。「僕は妻を満足させられない。どれだけ時間をかけ、どんなことをしても。イサドラはひと晩にひとりの男では満足できない。僕は病院から帰ったときには、くたくたに疲れているしね」

「お願いよ」ノリーンは恥ずかしくなった。「そんなこと、私に話すべきじゃない……」

「なぜ、いけない?」いらだった口調だ。「ほかにだれに話したらいいんだ。僕には親しい友人はいない。両親は亡くなったし、兄弟もいない。僕に近づいた人間はひとりもいなかった。今の今まで」ラモンは絶望的な目でノリーンの顔をじっと見つめた。「ノリーン……」熱に浮かされたようにささやく。「ちくしょう、君なんか!」

ラモンは彼女の腕を放し、病棟から大股で去っていった。ノリーンは真っ青になって、体をぶるぶる震わせた。ラモンは心底、私を憎んでいる。彼の瞳にも表情にも憎しみが表れていた。なぜ、そんなに私を憎むのだろう。きっと、イサドラが何か言ったに違いない……。

その夜イサドラの家に着いてみると、メイドがひどく取り乱していた。イサドラは透けるほど薄いネグリジェだけの姿で、身を切るように冷たい二月の雨に打たれてバルコニーに座っていた。

メイドは半狂乱で泣き叫んだ。奥さまはずっと外にいらっしゃるんです、だんなさまがお出かけになってからずっと。彼女は何があったのかは知らないが、寝室から激しい言い争いの声が聞こえたという。イサドラはラモンが出かけた直後にローブを脱ぎ、雨の中に居座りつづけているらしい。そして、どうやっても、中に入ろうとしなかった。それより前から激しくせきこんでいて、熱も高かったが、イサドラはラモンに黙っているようメイドに命じていた。

ノリーンはすぐにバルコニーに飛び出し、メイドに手伝ってもらって、イサドラを室内に引きずりこんだ。ふたりがかりでイサドラを着替えさせたときには、もともと弱いノリーンの心臓は不規則なリズムを刻んでいた。

ノリーンが呼吸を整えていると、メイドが訴えた。夫がもう二度も電話をしてきて、ひどく怒っているから、家に帰してほしいと。気分が悪くなっていたノリーンは、メイドにいてほしかった。しかし、涙ながらに訴える彼女を帰してやらないわけにいかなかった。

従姉はおかしな息づかいをしていた。意識もなく、おそろしく熱が高かった。救急車を呼ばなくては。ノリーンは電話に急いだ。受話器を取りあげると、妙な音がするだけで通じていなかった。

隣人に救急車を呼んでもらおうと無我夢中で廊下に出た。とたんに目の前が真っ暗になった。

ノリーンはおそろしくなった。今では、心臓は狂ったように打っている。

廊下をそろそろ進み、手さぐりでエレベーターホールに出たが、エレベーターは停止していた。そうだ、階段がある。ここは四階だから一階までそう長くはない。その前にイサドラの肺がだめになってしまうのではないかと思うと気が気ではなかった。従姉が死んでしまうかもしれない……。

ノリーンは気力を振りしぼって階段に出ると、手すりをつかみ、体を支えながら下りはじめた。突然、呼吸が変化し、心臓に痛みが走った。

あとで振り返ってみても、何が起こったのか思い出せなかった。体がふわりと倒れ、それと同時に意識を失っていた。

ノリーンは病院で意識を取り戻した。白衣を着た見知らぬ男性に、従姉のところに戻らなければと必死で説明しようとした。しかし、その彼はノリーンの腕を軽くたたき、注射をしただけだった。

病院を出て、ラモンのアパートメントに戻ったのは、翌日になってからだった。そのときにはすでにメイドがイサドラの遺体を発見し、さらに悪いことにラモンも帰宅していた。ノリーンが家に着いたとき、ちょうど救急隊員がイサドラの遺体を運び出すところだった。

ラモンはノリーンに気づき、貧民街のスペイン語でまくしたてた。

「お願い、説明させて」ノリーンは涙を流しながら訴えた。かわいそうなイサドラ。ひとりぼっちで死んでいったなんて。「私の過ちではないの。話を聞いて……」

「このアパートメントから出ていけ！」怒り狂ったラモンは、スペイン語で侮辱するのにもうんざりしたのか、英語に戻って言った。「僕は死ぬまで、君を憎んでやる。生きている限り許さない。君は妻を死なせたんだ！」

ノリーンはショックと無力感で体が麻痺(まひ)したまま、そこに立ちつくしていた。打ちひしがれた真っ青な顔で、ラモンは救急車から離れ、立ち去った。

その後、ノリーンは葬儀場でも伯父夫婦に説明しようとした。しかし伯母は彼女を平手打ちし、伯父は顔を見ようともしなかった。ラモンはノリーンをその場から追い払った。

ノリーンは弔いの礼拝にも参列させてもらえなかった。そのときから、彼女はまさに追放された身だった——つい最近になって伯父夫婦から家に招かれるまでは。そして、ラモンはいまだに憎しみをあらわにしている。

イサドラの夫や両親の態度はノリーンの罪悪感を深めるだけだった。しだいに彼女は自分の罪は弁解しようがないと思うようになり、当然のむくいのように受けとめた。仕事がノリーンの生きがいになった。二度と彼らに何かを求めることはなくなった。許しさえも。

3

その朝は目が回るほど忙しく、ラモンはくたくたに疲れていた。細心の注意を要するバイパス手術を終え、午後いちばんに心臓弁の手術を控えている。外科医のひとりが欠勤したので、オキーフ市立病院の勤務を代わっていたのだ。

ラモンはトレーを持って、混雑したカフェテリアを見回した。空席はなく、ノリーンが座っているテーブルしか空きがなかった。ラモンはサラダとコーヒーをのせたトレーごしに彼女をにらみつけた。

ノリーンは視線を自分の皿に落とした。ラモンに見られて顔を赤らめた自分が腹立たしかった。ラモンはいったん床に腰をおろしたが、結局ノリーンのテーブルに近づいてきた。それは予想していたことだ。ラモンを嫌うことができれば。彼にどう思われようと気にせずにすめばいいのに。

ノリーンは、ラモンが断りもなくコーヒーとサラダの皿をテーブルにのせたとたん、あやうくフォークを落としそうになった。彼は向かいの席の椅子を引いて、腰をおろした。

ラモンはノリーンがあわてるのを見て、楽しそうな表情を浮かべ、膝にナプキンを広げてフォークを手に取った。

「床に座るなんて、ずいぶんいやみなことをするのね」ノリーンは怒って言った。

ラモンはちらっと彼女に暗いまなざしを投げ、フォークですくったツナサラダに顔を近づけた。

「すごくお上手だわ」ノリーンは言った。

「何が？」

ノリーンはフルーツをひと口食べて、椅子に背中をあずけた。「私をあざわらうのが。出会った日から、私はあなたをいらいらさせているようね。私がただ生きているというだけで不愉快なんだわ」

「ばかなこと言うなよ」ラモンは低い声でつぶやいて、コーヒーを飲んだ。時計に目を落として言う。「君は十二時半に食事をとるのだと思っていた」

ノリーンは白のニットのスラックスに包まれた長い脚を組んだ。「いつもはね。でも、あなただって今日オキーフで手術をする予定はなかったわ」

ラモンは黒い瞳をきらりと光らせた。「ということは、君は僕を避けているのか？」

「もちろんよ」ノリーンはあっさり言った。「あなたがそう仕向けているんじゃないの。わざわざ口で言う必要もないくらいにね」

ラモンは顔をそむけたノリーンの横顔をつくづくと見た。イサドラほど美しくはないし、目鼻立ちも平凡だが、ほっそりした、形のいい顔をしている。髪の色は、ブロンドともライトブラウンとも言いがたい中間の色だ。瞳はブルーというよりはグレーに近い。ノリーンは化粧をしたことがなく、自分の外見など気にしていないように思われる。しかし、いつも清潔できちんとした身なりをしていた。似合った髪型と服装をすれば、かなり魅力的になるに違いない。ラモンは彼女の襟足でまとめられたシニヨンを見つめた。ノリーンが髪を垂らしたら、どんなふうに見えるのだろう。

ノリーンが彼の探るような視線をとらえ、頬を染めた。「虫ピンで刺された蛾になった気分だわ。じろじろ見るのをやめてくださらない？　あなたが私を殺人鬼に近いものだと思っているのはわかるけれど、人前でそんな露骨な態度をとる必要はないでしょう」

ラモンは顔をしかめた。「僕は何も言っていないよ」

ノリーンはうつろに笑った。幻滅と孤独がグレーの瞳をおおっている。「ええ、口ではね。あなたは決して怒りを爆発させたり、物を投げたりしない。目つきだけで十分なのよ。その目がものを言ってくれるから」

「それで、その目はなんと言っているんだ？」

「私のせいでイサドラが死んだと言っているわ」ノリーンは静かな声で言った。「私が憎いと言っている。柩に入れられたのがイサドラでなく、この女だったらよかったとも」

ラモンは喉まで出かかった言葉をのみこもうと歯を食いしばった。しかし自分の瞳が強い光を放つのまでは抑えられなかった。

「信じないでしょうけど、イサドラと代わってあげられたらと思ったことが何度もあったわ。私だってイサドラを愛していたのよ。一緒に大きくなったんですもの。残酷なときもあったけれど、気が向けば優しくしてくれた。イサドラがいなくなって寂しいわ」

ラモンは思わず冷たい言葉を浴びせていた。「ずいぶん変わった愛情の示し方だな。病人を置き去りにして死なせてしまうとは」その言葉が口をついて出たとたん、ラモンは心から悔やんだ。しかし遅すぎた。

ノリーンは目を閉じた。意識が薄れそうだ。最近頻繁にこんなふうになる。呼吸が浅くなり、ノリーンは意識を失うまいと、膝にのせた手を握りしめた。ラモンは優秀な外科医だ。近くに来られては、体の状態を隠しおおせない。病院の事務局に何か言われるかも……。

少ししてノリーンは顔を上げた。まだ青ざめてはいるものの、落ち着きが戻っていた。

「もう行くわ」椅子で体を支えながら、ゆっくり立ちあがった。

「眠っていないんじゃないのか？」突然ラモンがきいた。

「罪悪感のせいで眠れないとでも言いたいのね」ノリーンは冷ややかに笑った。「そうよ。私は罪悪感にさいなまれているわ。できることなら、イサドラを救ってあげたかった」

ノリーンはほっそりときゃしゃに見えた。まるで食事も睡眠もとっていないみたいだ。

「君は何が起こったのか話してくれなかった」

ノリーンはラモンの言葉にびっくりした。「話そうとしたわ。でも、だれも聞いてくれなかった」

「今なら聞きたい気がする」

「二年もたってからでは遅すぎるわ」ノリーンはトレーを持ちあげた。「あのときなら話していたわ。でも、今はもう話そうとは思わない」ノリーンは感情を消したまなざしでラモンを見た。そこには苦悩の影もなかった。「あなたたちにどう思われてもかまわないの」

ノリーンは背を向けて、ゆっくり食器の返却口に歩み寄り、使ったトレーをベルトコンベアーの上にのせた。そして、振り向きもせずにドアから出て、スタッフ専用のエレベーターへ向かった。

ラモンは苦い後悔の思いを噛みしめながら、彼女の背中を見つめていた。彼はどうしてもノリーンを傷つけないではいられないらしい。あんなことを言うべきではなかった。最近、ノリーンは動作が緩慢になっている。仕事以外になんの関心もなさそうだ。病院内で流れる恋の噂や別れ話はかなり信頼できるものだが、ラモンはノリーンの名前が噂にのぼるのを聞いたことがなかった。ノリーンはデートをしたことがない。イサドラの実家に住んでいたときも、ノリーンはいつも医療関係の本に顔を埋めるようにしていた。看護学校を首席で卒業したのも当然だ。

ラモンは最初にノリーンに会ったときのことを思い出した。ラモンはチャリティーディナーでイサドラに会い、すぐに親しくなった。イサドラのデート相手は遅くまで上司に解放してもらえないとかで、代わりにラモンがそのブロンド美人を家に送ろうと申し出た。イサドラはすぐに承諾した。

イサドラは上流社会の人々が住むアトランタ郊外のジョージアン様式の大邸宅に住んでいた。ラモンが紹介されたとき、イサドラの両親はリビングルームでテレビのニュース番組を見ていた。最初、両親は冷ややかな態度をとった。それが変わったのは、イサドラからラモンの職業や名声のことを聞いてからだ。

その夜、ノリーンも家にいた。暖炉のそばの大きな肘かけ椅子に体を丸めて座り、手には解剖学の本を、鼻先には縁の太い読書用眼鏡があった。ラモンは今でも、イサドラと彼が近づいていったときのノリーンのまなざしを覚えている。穏やかなグレーの瞳に優しい炎が宿った。その炎はまぶしい輝きと温かい秘密をたたえていた。ラモンは自分がノリーンに強い印象を与えたのがわかった。互いに名乗ったとき、ノリーンの小さな手がかすかに震えたことでも、それを感じた。しかし、ラモンはイサドラしか見ていなかった。ノリーンは不思議な笑みを浮かべ、すっと自分の殻に引きこもった。

その後の数週間、イサドラとデートを重ねていたあいだ、ノリーンは家にいないことが多かった。イサドラは自分のとりまきの中にノリーンを入れたがらなかった。従妹(いとこ)に激しく嫉妬(しっと)していたのだ。

　イサドラは美しかった。自信に満ち、社交界で持てはやされていた。しかしノリーンとは違って、中身はからっぽだった。イサドラの嫉妬が原因で、ラモンがパリに出発する直前、ふたりは激しく言い争った。そのときのことを思い出して、彼は目を閉じ、胸の奥がぞくりとするのを感じた。ラモンはすべてを――イサドラとの言い争いさえもノリーンのせいにしたのだ。彼自身にも同じだけの責任があったというのに。

　隣のテーブルで人が立ちあがる気配がして、ラモンははっとわれに返った。腕時計に目をやり、急いで昼食をすませた。仕事に戻る時間だ。

一日の仕事を終えたあと、ノリーンは家路を急いだ。一秒ごとに体が弱っていくのを感じていた。息切れがし、かすかに吐き気もする。脈拍が不規則なのも気になった。

　ベッドにもぐりこんで、横になった。いつの間にか眠りこんでいた。疲れ果て、シリアル一杯の夕食を食べることさえおっくうだった。

　朝になって、気分はずっとよくなり、脈拍も少し安定した。仕事を続けなければ。仕事をなくしたら、医療保険を使えない。手術を受けるためには、どうしても保険が必要だ。手術には高額の費用がかかるが、手術を受けなければ長くは生きられない。ノリーンは専門医から、心臓の弁がうまく機能していないと聞いていた。とはいえ、手術をしなくても長く生きられる人もいることは彼女も知っている。もれている血液の量と内科治療しだいなのだ。事実、イサドラの死後も、たいした問題もなく過ごしてきた。

ノリーンはオレンジジュースを飲んで、顔をしかめた。ラモンは今になって、真実を知りたがっている。だが、彼にはひとことも話すつもりはない。ノリーンはラモンの人生にどんな場所も占めていなかったし、そうなりたいとも思わなかった。ラモンを思ったばかりに、すでに高い代償を払わされている。ノリーンは愛の罠に落ちたくなかった。孤独でいるほうが安全だった。

ときおり、ラモンとイサドラはどんな言い争いをしたのだろうと思うことがあった。従姉が冷たい雨に身をさらしていたのはなぜだろう。気管支炎にかかっていたイサドラは抗生物質を処方されていたが、ノリーンの手助けを断り、自分でのむと言い張った。あとになって、ノリーンは一錠も減っていない薬びんがベッドのマットレスの下に押しこんであるのを見つけた。

イサドラはパリに連れていってくれないとラモンに怒っていた。少なくとも、自分ではそう言っていた。メイドは夫婦げんかにそれとなく触れただけで、ふたたびその話が出ることはなかった。ラモンは、イサドラが彼に対する腹いせからばかなことをするかもしれないと言った。妻には恋人がいるとも。イサドラは幸せな結婚生活を演じていたが、ノリーンはごまかされなかった。

イサドラの死後も、ラモンがあんなに彼女との結婚を理想化するのも奇妙だ。イサドラは本当に死ぬ気だったのだろうか。あんな無茶なことをしたのも、事態を甘く見ていたのでは？　おそらく、致命的な結果を招くとは思ってもみなかったに違いない。四年間も外科医と暮らしながら、イサドラは薬や病気のことをあまり知らないように見えた。

ラモンはイサドラがわざと冷たい雨の中に身をさらしたことを知らない。イサドラの遺体を発見したメイドは、ヒステリーの発作を起こして倒れ、二度と戻ってこなかった。働いた分の小切手も受けとりに来なかったのだ。だからラモンが知っているのは、ノリーンがイサドラをほうっておき、イサドラが死んだということだけ。彼もイサドラの両親もノリーンの話を聞こうともせず、あれから二年たった今も責めつづけている。

むろん伯父夫婦に愛されているわけではない。彼らが従姉を失ったノリーンの悲しみを思いやってくれるわけでもなかった。伯父夫婦はイサドラの死後、ノリーンを自分たちの人生から締め出した。だから伯母が伯父の誕生日の前に屋敷に招いてくれたのにはびっくりした。会話ははずまず、楽しくなかった。きっと伯父夫婦は姪を許そうとしないことで、世間にあれこれ言われているのだろう。ノリーンにはほかの理由は思い浮かばなかった。

その後仕事に出かけたノリーンは、どうにか勤務をこなした。しかし、ひどく息切れがして不安になった。

午後、メーコン郡立総合病院に診察の予約を入れ、その日のうちに診てもらうことができた。

医師は検査のあと、心拍音を聴いた。彼は長身で色白の、笑みを絶やさない優しい男性だった。

「君は看護師だろう。心臓がちゃんと動いていないときは自分でわかるはずだよ」

「わかるわ。でも、働きすぎかと思って」

「ああ、そのとおりだ。それと血液のもれもひどくなっている。早い時期に手術をしなくては。脅す気はないが、弁が一気にだめになったら、病院までもたないかもしれない。わかっているね？」

ノリーンにはわかっていた。この医師に言えるはずもないが、死によってラモンの冷たい敵意を二度と浴びずにすむなら、どれほど心が安らぐだろうとも思っていた。

むくわれない愛のせいで死のうとしているのかしら。ノリーンはそんな妙な考えにとらわれて、思わずくすっと笑った。私は破れた心臓と破れた心をかかえている。

「まじめな話なんだよ」医師はノリーンの笑いを誤解して、厳しい声で言った。「ドクター・マイヤーズと話をして、手術日を決めてもらおう」ノリーンをじっと探るように見つめる。「君の亡くなった従姉はドクター・コルテロと結婚していたね。彼は最高の心臓外科医だ。なぜ彼が手術しない？」

「彼に病気のことは知らせていないし、知られたくないから」ノリーンはきっぱり言った。

「どうして？」

「あの人は私を憎んでいるの。もし彼が口をすべらせたら、私は失業だわ。医療保険が必要だから、このことを病院に知られるわけにはいかなくて」

「くびにはならないよ」

「その可能性はあるわ。病院側を責める気はないの。だって、看護師は患者さんに責任を持つ以上、万全の健康状態でいるべきですもの。だから、私のほかに正看護師をもうひとり勤務させるように言ったの——もしもの場合に備えて」かすかに笑みを見せる。「もちろん理由は言わなかったけれど」

医師は首を横に振った。「君は危険なゲームをしている。死んでしまうぞ」

ノリーンは椅子から立ちあがった。「人はみんな、いつか必ず死ぬものでしょう」

医師も顔をしかめて立ちあがった。「オキーフには僕の患者も入院していてね、いろんな噂が耳に入ってくる」彼はノリーンの表情を探った。「君はコルテロに彼の妻が死んだとき、そばについていなかった理由を話していないね。どうして話さない？」

「向こうが聞こうとしなかったから。今となっては、どうでもいいことだわ。彼が私を憎みつづけてくれるほうが気持ちが楽だし。お願い、理由はきかないで」

「ああ、きかないよ。しかし、近いうちになんとかすると約束してくれるね」

「約束します」ノリーンは長々と息を吸いこんだ。「仕事を休まなければならないことが問題なの。どうやって生活していったらいいのかわからないわ」

「君の伯父さん夫婦は聖メアリー病院の小児科病棟をそっくり寄付しているそうじゃないか。きっと、伯父さんたちが援助してくれるよ」

ノリーンは笑った。「あの人たちはラモン以上に私を憎んでいるのよ」そう言って、肩をすくめた。「どうでもいいの。私が手術台の上で死んだとしても、悲しんでくれる人はだれもいないんですもの」

ノリーンは医師に時間を取らせた詫(わ)びを言うと、処方箋(しょほうせん)を握りしめて去った。薬で脈拍を安定させ、血液の濃度を薄めて、手術までもう少し時間をかせごう。あと三週間あれば、二カ月分の家賃を前払いできるだけの貯金ができる。治療費の八十パーセントは医療保険から出る。それで経済的な問題はほとんど解決するのだ。

「重病人に見えるぞ」医療技術者のブラッド・ドナルドソンがノリーンに言った。ブラッドは四年前、ノリーンと同じ時期にオキーフで働きはじめた、ノリーンのたったひとりの友人だ。ふたりはあくまでも友情で結ばれていた。ブラッドは救急センターの若い女性研修医に片思いをしていた。ブラッドとノリーンはむくわれない愛に苦しみ、仲間意識のようなものを感じていた。ただブラッドはノリーンが熱い思いを寄せる男がだれか知らなかった。

「重病人みたいに感じているもの」

ブラッドは金髪の頭をかしげ、ノリーンをまじまじと見た。「顔色がよくない」

「わかっているわ。でも、大丈夫。ドクターに脈拍を安定させる薬を処方してもらったから」

「どういうことか、話してくれよ」

ノリーンはほほえんで、首を振った。「いいえ、私の問題なの。自分でなんとかできる」

「君のことが心配なんだ。具合が悪くても絶対に認めようとしないんだから。看護師っていうのはいったいどうなっているんだろうね」

「根性だけで、頭はからっぽ?」ノリーンはあえてそう言って、ほほえんだ。「さあ、患者さんの処置にかかりましょう。ドクターの回診もあるわ。早く始めなくては」

「お先にどうぞ」ブラッドはうやうやしく言った。

ノリーンがその日の勤務を終える直前、心臓弁の手術を受けた女性患者が病棟に運ばれてきた。ノリーンは患者に酸素マスクと点滴をセットし、ほかに担当医の指示がないかカルテで確認した。その女性がラモンの患者だということは、白いカルテに書きなぐった署名でわかった。

　ノリーンは患者の額に手をあて、冷たくじっとりした肌から白髪をかきあげた。「しっかり看護しますからね。何かご用のときは、このボタンを押してください」ノリーンは患者の細い指をベッドの手すりにつけられたボタンに触れさせた。

「喉が……」患者はしゃがれ声で言った。「とても……渇いて」

「付き添ってくれる家族の方は、いらっしゃいますか?」

「いないわ」弱々しい声が答えた。ため息をついて目を閉じる。「ひとりもいないの」

　ノリーンは気の毒な患者に心を痛めた。私も手術を受けたあと、この人と同じように感じるんだわ。ひとりぼっち。ノリーンはラモンに気づかれないようにメーコンで手術を受けるつもりだった。だから、ブラッドにも付き添ってもらえない。そう思うと暗い気持ちになった。

「氷を持ってきましょうね」ノリーンは患者に言った。「少し渇きがおさまると思います」

「ありがとう」患者はかすれた声でささやいた。

「どういたしまして。仕事ですから」ノリーンは優しくほほえんだ。「すぐに戻ってきます」

　製氷機に近づいたとき、別の患者の妻が氷をアイスバケットにつめていた。

「夫にうるさがられているの」ミセス・グリーンは苦笑した。「あの人、もう自分でジュースもつげるし、氷も口に運べるから」

ノリーンは瞳を輝かせた。「廊下の先の病室にいるミセス・チャールズのことなんだけれど、あなたなら氷を届けてくれるんじゃないかと思って。ご家族がいない方で、喉が渇くとおっしゃるの」

「喜んで」ミセス・グリーンが言った。「お気の毒ね。うちは大家族だから、付き添いなら余っているの。夫は静かにテレビを見たいって言うし」

ノリーンはアイスバケットに氷をつめたあと、彼女をミセス・チャールズに紹介した。ふたりはすぐに、たがいに好意を持ったようだ。

ナースステーションに戻ったノリーンは、ミセス・チャールズのデータをコンピューターに入力しながら、コーヒーを飲んでひと息入れた。

ブラッドがノリーンのそばで足をとめた。「そんなにカフェインをとっていいのかい？」彼はノリーンにだけ聞こえるように小声できいた。

ノリーンは顔をしかめた。「考えていなかったわ。いけないでしょうね」

「ちゃんと気をつけないとね、お嬢ちゃん」ブラッドはからかった。大きな手をノリーンの肩にのせ、ほほえみかける。

ちょうど病棟に入ってきたラモンは、ブラッドがノリーンに体を寄せているのを見た。親しげにノリーンの肩にのせた手を目にしたとたん、怒りが体を突き抜けた。

彼はナースステーションの前で足をとめ、ノリーンをにらみつけた。ノリーンはラモンに気づいて、すぐに笑みを引っこめた。

「ミセス・チャールズの病室は?」ラモンは前置きもなしに言った。「君が暇なようだったら、案内してくれ」そうつけ加えると、彼はブラッドに冷ややかな視線を投げた。ブラッドは顔を赤くした。

「患者さんはこちらよ」目をそむけたまま、ノリーンはラモンを病室に案内した。あんなことを言うなんて、フェアじゃないわ。私だって、この人に負けないくらい仕事をこなしているのに。ブラッドは親切にしてくれていただけ。私を冷酷な人殺しだと決めつけているラモンは、私に親切にしたがる人がいると思いたくないんだわ。

ノリーンは先に立って、ミセス・チャールズの病室に入った。年老いた女性はラモンを見て、温かいほほえみを浮かべた。

「先生、ありがとう」弱々しい声で言って、手を差しのべる。「私の命を救ってくださって」

「どういたしまして」ラモンはそう答えて、患者の手を握った。「鎮痛剤を出すよう指示しておきました。必要なときは、のんでください。害にはなりませんからね」そこまで言って、ラモンは眉をひそめた。「知らせたいご家族の方は?」

ミセス・チャールズは首を横に振った。「みんな先に死んでしまって」悲しそうに言う。

「でも、ミセス・グリーンが氷を届けてくれましたよ。このすてきな若い女性の心づかいでね」

ラモンはノリーンを横目で見た。「自分の労働を減らそうというわけか？」

ノリーンは彼の言葉を無視して、ミセス・チャールズのやせた体にかけられたシーツをまっすぐにした。「ご用のときは、呼んでくださいね」

「大丈夫」患者の優しい声が返ってきた。「十分よくしてもらっていますから」

「あなたはすてきな方ですもの。だれだって親切にしたくなりますわ」ノリーンはほほえみかけた。

ラモンは診察しながら、満足そうなつぶやきをもらした。そして、ミセス・チャールズに明るく声をかけて病室から出た。

「よくも見舞いの人に僕の患者の看護をまかせたりできるな」患者に声を聞かれる心配がなくなると、ラモンはノリーンにつめ寄った。

ノリーンの心臓がぴくんとして、乱れた鼓動を打ちはじめた。呼吸を整えるまで、返事もできなかった。「そんなことしてないわ。ミセス・グリーンのご主人は退院できるほど回復していて、付き添いをいやがるのよ。彼女は喜んでしてくれているし、私には五分ごとに氷を届けている暇はないの。自分の仕事のことはわかっているわ。そのことで指図してもらう必要はありません」

ノリーンの言い分は筋が通っていた。しかし、ラモンはブラッドがノリーンと親しそうにしていたせいで腹を立てていた。そんなことが気にかかる自分にはもっと腹が立つ。

「僕の患者のカルテは常時きちんと記入してくれ。容態に変化があったら、すぐに僕に知らせるんだ。朝の三時でもかまわない」

「わかりました、先生」ノリーンは胸に押しあてたカルテをぎゅっと握りしめた。「ミセス・チャールズには不整脈が見られます」

「手術するのが遅かったんだ。手術室でも危ない状態だった。注意深く見ていてくれ」

「そうするわ」心臓弁の置換手術には時機が重要だとわかって、ノリーンは不安になった。私もミセス・チャールズより若いけれど、不整脈はある……。私も遅かったらどうするの？


看護師たちは制服が上下とも白いので、色のついた服を重ねるのを好む。ノリーンも真っ白なスラックスに、花柄の木綿のジャケットを着ていた。それがかすかに震えているのに気づいて、ラモンは顔をしかめた。「大丈夫か？　君の心拍は……おかしいぞ」

そう言われて、ノリーンの鼓動はもっとおかしくなった。呼吸も異常に速くなっている。

「あなたとこんなに接近しているからだわ」ノリーンはささやいた。大げさな調子だったが、小声なのでだれにも聞かれる心配はない。ノリーンはわざとらしく目を大きく見開いた。「すごく刺激的！」これも芝居がかった口調で言った。

ラモンは何ごとかスペイン語でつぶやくと、くるりときびすを返して、大股で廊下を去っていった。ノリーンはほっとため息をついた。なんとかやり過ごせた。ラモンはなぜ、私の心拍が変だと気づいたのかしら。私の心臓がぱたりととまったら、さぞお気に召したでしょうに……。

4

二日後、ノリーンは起きあがれなくなった。とうてい仕事に行ける状態ではなく、やむなく病院に電話を入れた。インフルエンザにかかったと言い、向こうみずにも二日もすれば仕事に戻れると約束した。今日休めば、明日は非番なので、弱った体を立て直す時間ができる。ただの働きすぎで、心臓弁の悪化でないことを願った。

ブラッドが様子を見に立ち寄ってくれた。ノリーンはドアまで歩くのがやっとで、息を切らしてベッドに戻った。

「こんなことしていちゃだめだよ」ブラッドは怒ったように言った。「早く手術を受けないと死んでしまうぞ」

「あと三週間……貯金しないと」ノリーンは息をあえがせ、血の気を失った顔で言った。「そうしたら、回復するまでの家賃が払えるわ」

「頑固だな。家族の人はどうして君のぐあいが悪いことに気づいていないんだ?」

「会っていないもの。両親はもう何年も前に自動車事故で死んで、伯父と伯母しかいないの」

「伯父さんたちは君を育ててくれたんだろう。君のことを気にかけていないのかい？」

「そうね、イサドラが亡くなる前なら、ほんの少しくらいは」ノリーンは悲しそうにつけ加えた。「過去を変えることができたらいいのにと思うわ。でも、もう終わってしまったことよ」

「かわいそうに。何か食べられるかい？　スープとサンドイッチを持ってきたんだ」

「ありがとう。今晩いただくわ。今は何も入りそうにないの」

「外科医に電話させてくれよ」

ノリーンは首を振った。「だめ。明日はきっと気分もよくなるわ。一日もあれば……」

「いいかい、じっとベッドに寝ているんだよ。無理してはだめだからね」

「そうするわ」

ブラッドはしばらく付き添ったあと、ふたたび勤務に戻っていった。ブラッドがドアを閉めたとき、ノリーンは前よりももっと寂しさを感じた。

スープも飲まずに、もう一度眠った。午後には気分がよくなり、体も動かせるようになったが、回復にはほど遠かった。残された時間はなくなりつつあった。

二日後、どしゃ降りの雨の朝、ノリーンは仕事に戻った。アパートメントの玄関から出たとき、哀れっぽい小さな声が聞こえた。あたりを見回すと、生け垣の下でちっぽけな子猫が鳴いている。子猫は寒さでがたがた震え、骨が皮から透けて見えるほどやせていた。「まあ、かわいそうに」ノリーンに抱きあげられ、子猫は頭を彼女の顎にすり寄せて、しきりにみゃあみゃあと甘えた声で鳴いた。部屋でペットを飼うことは禁じられている。ノリーンは悲しい思いで子猫を見つめた。でも、こんな小さな子猫なら……。

ノリーンは子猫をコートの下に隠して、アパートメントの階段をのぼった。踊り場に着いたときには、ぜいぜい荒い息をついていた。キッチンで子猫をおろし、ミルクと残り物のミートローフをやった。箱のふたに新聞紙を敷いて床に置いたあと、子猫をキッチンに残してドアを閉めた——ほかにいい方法がなかったのだと思いながら。冷たい雨の中に子猫を置き去りにするわけにはいかなかった。

きっと、いい話し相手になってくれる。そう思うと、胸に明るい光がともった。ノリーンは自分の小さな車に乗りこんだ。このところエンジンの調子が悪いが、整備に出すお金の余裕はない。手術を受けるまでは、なだめすかして走らせるしかないのだ。ところが、車は動こうとしなかった。

ノリーンはしばらくじっと座って、呼吸が落ち着くのを待った。それからバス停まで歩き、到着したバスに乗って、病院に向かった。

一日がこれほど長く感じられたことはない。出勤してみると、病棟の看護師がふたりもめになった。

インフルエンザで休んでいた。看護師の数が足りず、ノリーンは二交代続けて勤務するは

「無茶だよ」ブラッドが言った。ノリーンは休憩室の壁に背中をあずけ、呼吸を整えていた。「君はいつ倒れてもおかしくない」

「働くしかないわ」ノリーンのまなざしは弱々しかった。「二日も休んだんですもの」

「部屋で見たときよりぐあいが悪そうだ」

「ありがとう。あなたもとてもすてきに見えるわ」

ブラッドはくすりと笑った。「まったく。君をどうしたらいいんだろう?」

「ほかにすることはないの?」

「それこそ僕がききたかったことだ」深みのある声が戸口で響いた。

ノリーンとブラッドは振り返った。クリップボードにはさんだカルテを手にしたラモンが、ふたりをにらみつけている。「君たちは仕事をしているのか? 僕の患者は午後五時に抗凝血剤を投与されていない。どういうことだ」

ノリーンはまばたきした。気持ちのほうも体と同じように疲れ果てている。「どの患者さんかしら?」

「ミスター・ヘイズだ。もう八時だぞ」

「仕事が遅れているの」ノリーンは惨めな気分で答えた。「すみません。すぐに薬を与え

ます」

「回診するあいだに、ほかの患者のカルテも調べてみる」ラモンは怒ったように言った。

「ほかに……過失がないか確かめる」彼はブラッドをにらみつけ、ノリーンのあとに続いた。

「ブラッドのせいじゃないのよ」

「そのくらいわかっている」ラモンは目をきらりと光らせた。「男だからな。あからさまな誘惑には弱いんだろう」

ノリーンはむっとして言い返した。「誘惑なんかしていないわ」

「それなら、好きに呼ぶといい。早くミスター・ヘイズの薬を取ってきてくれ」

ノリーンは歯を食いしばって薬を取ってきた。ラモンは正しい。仕事は遅れている。それに、重大な事態になりかねなかった。だが、超過勤務さえしていなければ、こんなことは起こらなかったはずだ。

ノリーンはミスター・ヘイズに薬を投与してから、ほかの患者の記録をチェックした。脈拍、呼吸、体温の記録はされていたが、ミセス・チャールズの排尿量を測定するのは忘れていた。うめき声をあげたかった。

「このことは報告しない」ラモンは回診を終えたあとで言った。「しかし、今度ミスをおかしたときは、ただちに事務局に報告する。怠慢な看護師のせいで患者を危険にさらすわけにはいかない」

「私は怠慢じゃないわ」

「ドナルドソンと遊ぶなら、勤務時間外にしろ」ラモンはぶっきらぼうに言うと、大股に病棟から出ていった。

ノリーンは涙をこらえた。一日生きるごとに、ラモンは憎しみをふくらませていくようだった。どうしても私に対する彼の気持ちは変わらない。ノリーンはそのことをつくづく思い知らされた。

ブラッドが病室から出てきて、あたりを見回した。「彼はもう行った?」

ノリーンはうなずいた。「とんでもないミスをおかしたわ。人ひとり死ぬ可能性だってあったの」

「少し薬の時間が遅れたくらいで、そうはならないよ。さあ、顔を上げて。なんとか乗りきれるさ」

「そう願いたいわ」ノリーンは疲れたように言った。「あと一時間たったら、家に帰れるわ」

「外科医のところに行くんだ。君は危険な橋を渡っているよ」

ノリーンは肩を落とした。「そうらしいわ。お金はたいした問題じゃないのかもしれない。あなた、猫は好き?」期待をこめてきいた。

「猫アレルギーなんだ。でも、どうして?」

「いいの、気にしないで」ノリーンは子猫のことでも悩まなければならなかった。ほかのスタッフにきけば、何かいい方法が見つかるだろう。

やっとの思いで仕事を終えたとき、外はまだ雨が降りしきっていた。だが、家に帰る途中も頭の中でラモンの容赦ない言葉が鳴り響き、頬を濡らす冷たい雨にも気づかなかった。

ラモンはノリーンが帰ってから三十分もたたないうちに病棟に戻った。もう一度、患者たちの様子を見ようと思っていた。薬の投与が遅れた患者を診察して、問題がないことを確かめた。ノリーンを責め立てたことで、なんとなく気持ちが落ち着かなかった。さっきのようなミスはノリーンらしくない。ラモンはいぶかしく思った。

ブラッドは患者の病室から出てきたとき、ラモンが自分を待っているのに気づいた。

「なぜノリーンは投薬の時間を守れなかった?」ラモンはぶっきらぼうにきいた。

ブラッドは口をゆがめた。「彼女、病気で二日休んで、今日出てきたばかりだったんですよ。それなのに正看護師がふたりも休んだから、二交代ぶっとおしで勤務することになって」

ラモンは厳しい顔になった。「なるほど」

ブラッドは長身のラモンの目を探るように見た。「あなたはノリーンの様子をよく見るべきですよ」

「何が言いたいんだ?」

ブラッドはこの外科医にすべてを打ち明けたかった。しかし、これはノリーンの秘密で、自分の秘密ではない。「いいんです。よけいなことでした」ブラッドは会釈して、ラモンから離れていった。

ラモンはいったん車をガレージに入れたが、ノリーンに謝らないうちは眠れそうもない気がした。あきらめたようにため息をついて、ふたたび車をガレージから出し、四、五キロ離れたノリーンの住むアパートメントへと向かった。

玄関のブザーを押すと、インターコムからノリーンの声が聞こえてきた。来客がラモンだと知って、驚いた様子だったが、玄関を開けてくれた。ラモンは中に入って階段をのぼった。住人が四人しかいないつつましいアパートメントだが、殺風景な感じはしない。ノリーンは部屋の入り口でラモンを待っていた。

「なんのご用?」ノリーンはブルーの格子柄の部屋着を喉もとのところでかきあわせた。裸足(はだし)のままで、しどけない感じだった。たった今ベッドから起き出してきたように見える。まさか、そんなはずはない。まだ九時半にしかならないのに。

「ドナルドソンに聞いた。休みなしで二交代勤務をしたそうだね」ラモンは言った。「知らなかったよ」

ノリーンは眉を弓なりにつりあげた。「それがどうしたの？　私のことを非難するのは、あなたのいちばんのお楽しみじゃなかったかしら」

ラモンは眉をひそめた。「いくら非難するといっても……」不意に口をつぐんだ。部屋でかすかな音がする。「あれは？」

ノリーンは顔をしかめ、すばやく廊下の奥と階段のほうをうかがった。部屋着をきっちり合わせ、後ろに下がった。「どうぞ、入って」

ラモンはリビングとダイニング兼用の小さな部屋に足を踏み入れた。ノリーンがドアを閉めると同時に、小さな毛玉がキッチンからころがるように出てきた。ラモンはぽかんと口を開けた。

ノリーンは子猫を顎のすぐ下まで持ちあげて、撫でた。「ここはペット禁止なの。でも、冷たい雨の中に置き去りにはできなかった。こんなにちっちゃいんですもの」

その瞬間、ラモンに疑念がわいた。イサドラの死は本当にノリーンのせいだったのだろうか。彼はノリーンの腕の中の子猫から目が離せなくなった。ノリーンは昔から、もの言えぬ生き物に優しかった。ノリーンの伯母も、姪が捨てられた動物を拾ってきて困ると不平をもらしていた。動物たちはきちんと世話を受けて、望ましい家庭にもらわれていった。伯父夫婦はペットが嫌いだったので、ノリーンは動物を飼うことを許されなかったからだ。それでも、彼女は哀れな動物を救うのをやめようとしなかった。

子猫さえ見捨てられないノリーンが、病気の従姉(いとこ)を置き去りにできるだろうか。どうして妻の死をあんなにあっさりとノリーンの責任にしてしまったのか、自分でも驚くくらいだ。

ノリーンはラモンの浅黒い顔が急に色を失ったのに気づいて、子猫をぎゅっと抱きしめた。

「用件は何？」とがめるような目つきできく。「私、すごく疲れているの。早くやすみたいんだけど」

ラモンは今までとは違った目でノリーンを見た。青ざめた顔に頬だけが異様に赤く、呼吸も荒く乱れている。部屋着を通して、胸が不規則に上下するのも見える。どこか様子がおかしかった。

「医者に診てもらったのか？」

「インフルエンザで？」ノリーンはそっけなく言って笑った。「自然によくなる病気なのに、わざわざお医者さんに行ったりしないわ」

「車に診療かばんが入っているんだ」

「私には主治医がいるわ」ノリーンは声をしぼり出した。ラモンが自分の胸に聴診器をあてると思っただけで、ただでさえ乱れている心臓の鼓動がますます乱れてきた。「だれがあなたに診察なんかさせるものですか。死にかけているとしてもごめんよ。メスを握ったときのあなたはとくにね。危険が大きすぎるわ」

ラモンは鋭く息を吸った。「よくもそんなことが言えるな！」彼は歯ぎしりして、ノリーンをにらみつけた。

ひどく気分が悪く、ノリーンはラモンのまなざしにおじけづく余裕もなかった。「くたくたなの。やすみたいわ。帰ってくださらない？」

ラモンはためらった。何かわけがあるようだが、ノリーンはそのことを打ち明けるほど、僕のことを信用していない。にわかに自信がぐらつき、なぜか罪悪感を覚えた。ラモンはノリーンをじっと観察した。ひどくやせて、目の下には黒いくまも見える。「君は病気だ」

ラモンはたった今気づいたとでもいうように優しい声で言った。

「疲れているのよ。インフルエンザにかかったあと、ベッドから出るのが早すぎたの。明日にはよくなるわ」

ノリーンの頬骨は高く、唇はほどよい大きさで美しい形をしている。クリームのようになめらかな肌はうっすらピンクがかっていた。ラモンは彼女が長い髪をポニーテールにしているのに気づいた。ふたたび想像がふくらんだ。この髪をほどいたら、どんなふうに見えるだろう。

「お願い、帰って」いらだたしげな声だ。

ラモンは帰りたくなかった。心からノリーンのことが心配だった。「とにかく、健康診断をするんだ」

「喜んでそうするけど、今夜はやめておくわ。さあ、ベッドに戻ってもいいかしら……？」

ラモンは足音も荒くきびすを返した。「朝になってもぐあいが悪いようだったら、家にいるんだぞ」

「命令しないで」ノリーンは穏やかに言った。「私は自分の好きなようにするわ」

ラモンは肩ごしに彼女に目をくれた。彼の知る限り、ノリーンはいつも目立たないようにふるまっていた。しかし、勇気と独立心と知性を持った女性だという事実は隠しようがなかった。イサドラは結婚するまでは従順で、男の自尊心をくすぐり、彼の情熱をあおった。だが知性はなかったし、正面きって闘おうともしなかった。もっぱら口をとがらせたり、同情心を買おうと病気になったふりをするだけだった。ラモンは、かつて愛した女性にそこまで批判的になれる自分にショックを受けた。

「おやすみ」彼はそっけなく言って、出ていった。

ノリーンは遠ざかっていくラモンの背中をにらみつけた。ばたんとドアを閉め、鍵をかけると、壁に寄りかかって、かろうじて息をした。膝に力が入らない。ラモンはなぜここに来たの？　良心がとがめたせいなの？　本当の理由がわからない。あんなに私を憎んでいる人が急に訪ねてくるなんて。今まで一度も私のうちに来たことがなかったのに。

ふたたび家をめざしながら、ラモンも思いをめぐらせていた。ノリーンはつましい生活をしていた。装飾品はないし、家具も質素だった。給料だけで生活しているのは間違いない。伯父夫婦からは、なんの援助も受けていないのだろう。ノリーンが選んだことだろうか？　それとも、あの夫婦が姪を無視しているだけなのだろうか？

ノリーンの生活ぶりが気になるあまり、ラモンはビジネスディナーの席でケンジントン夫妻に会った際に、単刀直入にきいてみた。

「あの子はずいぶん収入があるのよ」メアリー・ケンジントンは横柄な口調で言った。「それに、イサドラを死なせたのはあの子なのよ。どんな暮らしをしていようと気にかける必要があって？」

「彼女、部屋でのら猫の面倒をみていましたよ」

メアリーは手を振った。「ノリーンとあの汚らしい動物たちときたら！　あの子は家にいたときも、ひっきりなしに拾ってきたものよ」

「あの子は優しすぎるんだ。弟ゆずりなんだよ」ハル・ケンジントンは思い出にふける表情になり、悲しそうに言った。「弟も優しいやつだった」

「そんな優しい女性がわざと病気の従姉を死なせるものでしょうか？」

ケンジントン夫妻は虚をつかれた表情になった。

「そんなふうに思ったこともないんでしょう？　もうひとつ、考えてみてください。看護師のノリーンが平気で人を死なせると思いますか？　しかも愛していた従姉なんですよ」

ケンジントン夫妻は言葉もなくラモンを見つめ返すだけだった。あれから二年たって、ようやく理性的に考えることができるようになったのだろう。

「最近、ノリーンに会ったことは？」ラモンはふたりにきいた。

「ハルの誕生日の少し前に家によんだわ」メアリーが答えた。「でも、どうして？」

「ノリーンは病気だと思います。顔色が悪いし、少し動いただけで息切れがするらしい。主治医はいるんですか？　健康診断を受けたことは？」

夫妻はぽかんとした表情を浮かべた。「いつも元気だったし、そこまでする必要はなさそうだったから」メアリーが弁解口調で言った。

ラモンはそれ以上ふたりを問いつめなかった。だが、疑問は残り、ノリーンが病院に雇われたときに完全な健康診断を求められたかどうかを調べてみた。病院のコンピューターのファイルでは何もわからなかった。ラモンは心ひそかに誓った。ノリーンの奇妙な態度と、彼女が隠しているかもしれない健康上の秘密をなんとかして見つけ出そう。

無理やりノリーンを診察するわけにはいかない。しかし観察することはできる。ラモンは次の週、なるべくオキーフ市立病院で時間を過ごすようにした。担当している患者が回復期を迎えていたので、詮索がましい目で見られることはなかった。

　ミセス・チャールズのカルテを調べるあいだ、ラモンはノリーンのそばに立っていた。彼女の声に息苦しそうな音を聞きとり、動悸がブラウスの襟を揺らしているのを見た。顔色は青ざめ、目の下には黒いくまがあって、力の衰えが動きにも表れていた。

　ノリーンを観察しはじめた動機にやましいところはなかった。しかし、自分が近づくとノリーンが気持ちを高ぶらせるのがわかってきた。そう言えば、ノリーンは冗談めかして、彼が近づくと動悸が激しくなるのだと言っていた。そのときは真剣に受けとめなかったが、今は真実のように思われる。ノリーンの反応は、病気の徴候だけでは説明できない。

　ラモンは不安になった。彼もまたノリーンと同じように反応していたからだ。ノリーンの長い指と優美な手、面長の顔、繊細な唇につい目を引かれてしまう。ラモンは過去のノリーンのことをじわじわ思い出すようになった。彼が見つめると、ノリーンは顔を赤くした。いつも彼を避けようとして、仕事のこと以外では、ろくに口もきけない様子だった。ノリーンは何年も、いろいろな形でラモンへの思いを示していた。そして、ラモンはわざとそれを無視してきた。

　今までは。

　ラモンはまばたきもせずに、ノリーンの目をのぞきこんだ。ノリーンはあまりに弱々しく、守ってやりたいと思った。イサドラにはそんな感情を抱いたことはなかった。ラモンは何かに憑かれたようにイサドラを求め、愛したが、結婚したあとの彼女は交際中に見せた姿とは違っていた。イサドラはパーティや遊び友達を恋しがり、けんかが絶えなかった。そして、子供が欲しいというラモンの願いを退けた。彼は苦い記憶に顔をしかめた。

「そんな怖い顔でにらむことはないでしょう」ノリーンがつぶやいた。目を伏せて、胸の前にかかえたカルテを見ている。「あれからは薬の時間に遅れたりしていないわ」

「そのことじゃないんだ」ラモンはゆっくりと言って、ノリーンの胸に目を落とした。ジャケットの胸が荒々しい鼓動をそっくり映し、不規則に上下している。

ノリーンはわずかに体をもじもじさせた。ラモンのしなやかな長身の体に触れると、ひどく心を乱される。「ほかに調べたいカルテは？」落ち着きをなくした声できいた。

ラモンは両手を白衣のポケットに突っこんで、厳しい顔で彼女を見つめた。「かかりつけの医者に行って、健康診断を受けるんだ」彼がいきなり言うと、ノリーンは驚いて思わず視線を合わせた。「君は病気だ。それを隠そうとしている。このままやっていけるわけがない」

ノリーンは言葉をなくし、呆然とラモンを見つめた。「私……検査は受けたわ」口ごもりながら答えた。ラモンが自分の健康状態に関心を示したことに当惑していた。

「それで？」

「もっとビタミンBを取りなさいと言われたわ。鉄分もね」ノリーンは嘘をついた。

「それだけでは、これは説明できない」ラモンはノリーンの首すじに軽く手を触れた。不規則な脈が伝わってくる。

ノリーンはさっと彼から離れた。ラモンに触れられ、顔が赤くなっている。「ドクター・コルテロ、あなたに私の健康状態を知らせる義務はありません。あなたは私の主治医じゃないのよ」

「しかし、僕はこの病院のスタッフだ。もう一度、検査を受けることを命じる。検査の結果も見せてもらいたい。さもないと、君は患者の命だけでなく、自分の健康も危険にさらすことになるんだぞ」

ノリーンはひとことでも言い返せたらと思った。ラモンの洞察力は鋭い。ただし、あくまでも患者に何か起こっては困るからだ。ドクター・コルテロが、愛する妻に見せた優しさを私に向けてくれると思ってはいけない。

ノリーンは白い靴をはいた自分の足もとに視線を落とした。「わかったわ」疲れのにじむ声で答えた。「あなたの勝ちね」

「勝ち負けの問題じゃない」

「そうかしら?」苦痛と敗北感に満ちた声で、ノリーンはきいた。「主治医に連絡するわ」

「理性を働かせてくれてよかった」

「ご心配なく」ノリーンは彼を見つめた。「あなたの患者さんを危険な目にあわせたりしないから」

ラモンは顔をしかめた。「違う。僕はそんな理由で……」

「失礼します」ノリーンは堅苦しく言った。「勤務を終える前に、仕事が山のようにあるの」

ノリーンはカルテを持って、振り返りもせずにナースステーションに戻った。

ラモンは複雑な思いで彼女を見送った。こんな気持ちになったのは生まれて初めてだった。

ノリーンは病棟を去るラモンの姿から目をそむけていた。何年もむくわれない愛を捧げ、彼に軽く見られるのを当然のように受けとめてきた。ラモンが私の健康に関心を持ったのは、患者のことを心配しているから。それを忘れないこと。夢見る年ごろはとっくに過ぎている。

いずれにしても、ラモンの診断は正しかった。ノリーンは逃れようのない事実を一日のばしにしているだけだ。家に帰ってメーコン郡立総合病院に電話した。かかりつけの外科医とも話し、手術を受けるために来週入院する手はずを整えた。

5

ノリーンはブラックコーヒー一杯で朝食をすませた。仕事に行かなければならない。だが、バスルームの鏡を見ると、げっそりした青白い顔が映っている。今日はいちだんと不整脈がひどく、息をするたびにぜいぜい音がして、まともな呼吸すらできない。あきらめて患者になったほうがよさそうだ。子猫がちょこちょこついてくる。入院中、子猫の面倒をみてくれる人を探す必要がある。今日はお金のことよりこの問題を優先させよう。

ノリーンは洗面台にもたれて、うなだれた。耳の奥では自分の心臓の鼓動が鳴り響き、その不規則な音はノリーンをおびえさせた。

外科医の話では、手術は最近では簡単になっているという。君には体力も気力もあるのだから、無事に手術を乗りきることができると請け合ってくれた。

もちろん、そのはずよ。絶対に大丈夫。本当はラモンに執刀してもらいたい。しかし頼んだとしても、彼が承知するはずがない。ラモンは私に激しい憎悪を燃やしているのだから。

部屋から出たとたん、すべてが悪いほうに動きはじめた。またしても車のエンジンがかからなかった。いやな音をたてていたバッテリーがうんともすんとも言わない。ノリーンはうめき声をあげて、腕時計で時間を確かめた。走ってバスをつかまえないと遅れてしまう。

車から降り、ロックをして腹立ちまぎれにばたんとドアを閉めた。次の瞬間、鍵とバッグを車の中に置いたままなのに気がついた。途方に暮れて、窓ごしにバッグを見つめた。財布もクレジットカードも部屋の鍵も、何もかもあの中に入っている。

とにかく、しなければならないことを先にしよう。幸い、病院までのバス賃と昼食代はレインコートに入っていた。部屋の鍵は戻ってくるまで必要ない。それに、階下に住んでいる大家さんがマスターキーを持っている。

ノリーンは走って通りに出た。あえぎながらバス停にたどり着くと、病院の真ん前を通るバスに乗りこんだ。

その朝も凍えそうな雨が降っていた。仕事に遅れることばかり心配していたので、息切れにも気づかなかった。しかも、いつもは自然におさまるのが、いっこうにおさまらない。今や、ノリーンはかろうじて呼吸しているような状態だった。心拍は異常な打ち方をしている。恐怖がわいてきた。

まわりの乗客がぼんやりしはじめた。目の前が少しずつ明るくなり、やがて突然かき消えた。

聖メアリー病院の手術室に急患が運びこまれたときには、ラモンは手を洗って待っていた。身元不明の女性患者だと聞いて、いらだちがつのる。患者に関する予備知識が何も得られないからだ。すでに同僚のひとりがカテーテル検査を行っていた。それによると心弁機能不全を起こしていて、人工弁に取り替える必要がある。この見知らぬ女性が、心臓のほかに病気を患っていないことを祈るしかない。健康状態がわからないまま手術をするのは危険をともなうが、ラモンに選択の余地はなかった。

ラモンのチームが集まり、手術の準備が整ったとき、女性患者はすでに酸素マスクで顔をおおわれていた。クリームのようになめらかな肌はピンク色でやわらかい。ラモンはその胸に長い手術跡が残るのを残念に思った。

四時間後、手術が終わり、ラモンは大きくのびをした。手術の成功だけでなく、切開したあとの処置にも満足していた。この分なら傷跡はたいして残らない。患者に経済的な余裕があれば、形成外科医を紹介することもできる。患者の境遇については何も知らない。ラモンが知っているのはクリームのような肌だけだ。心臓は丈夫だし、肺にわずかな気管支炎の徴候がある以外に健康上の問題はなさそうに思われた。

女性患者は集中治療室に運ばれ、ラモンは次の手術にかかった。見知らぬ患者の素性についてはすぐに頭から消えた。

数時間後、ラモンは緑色の手術着のまま、先ほど命を救った若い女性患者の様子を見るため、集中治療室に向かった。患者は通常のモニター装置と、口に人工呼吸器の大きな管を取りつけられていた。だが、ベッドの横に立ったとき、ラモン自身の心臓がとまりそうになった。ベッドにいるのはノリーンだった。ノリーンは心臓が悪かったのだ。ラモンは何も知らなかった。だれも知らなかったのだ！

ラモンはいつもの冷静さをかなぐり捨て、集中治療室の看護師を手ぶりで呼び寄せた。

「この女性は身元不明だと聞いていたぞ」

「身元を証明するものは、何も身につけていませんでしたよ」看護師が言った。

「この患者は僕の亡くなった妻の従妹(いとこ)だ！」ラモンはかっとなって、こぶしを握りしめた。

「彼女だと知っていたら、手術をしたりしなかった！」

看護師はラモンの怒りの激しさに、顔をしかめた。「てっきり、生活に困った――」

「看護師なんだ」ラモンはいらだちもあらわにさえぎった。「オキーフ市立病院で働いている」そう言いながら、自分がノリーンにつらくあたったことを思い出す。彼女は重い病気にかかっていて、それを隠していた。死んでいたかもしれないのだ。

「どうして身元不明なんかになったのかしら」看護師がきいた。「財布くらい持っていたでしょうに」

「僕にわかるものか」ラモンはノリーンの白くやつれた顔を見つめた。麻酔がきいているので、表情はまったくない。それから管につながれた手を見つめた。爪は短く、何も塗っていなかった。優美で、しかも有能な手。彼女は心臓に問題をかかえていた。そして僕には何も言わなかった。なぜだ？　僕が手術するのを恐れていたというのは本当だろうか？　軽蔑と憎悪に燃えて、復讐するとでも思ったのか？　考えただけでも苦痛だった。

「どうしてここに運ばれてきたか調べてみますね」看護師が言った。

「いいんだ」ラモンはぶっきらぼうに言った。「僕が調べる。何か容態に変化があったら知らせてくれ。どんな変化でもだ」

ラモンはもう一度ノリーンに気づかわしげな視線を投げて、救急センターに戻った。

数分後には、ノリーンがバスの中で倒れ、救急車で運びこまれたことがわかった。身元を証明するものは何も身につけていなかった。ノリーンが意識を失ったあと、何者かが財布を盗んだのだろうか。

ノリーンが着ていた服はビニール袋にまとめてあった。彼女の部屋に戻しておいてやろうと思い、ラモンはそれを持って車に乗った。鍵は持っていないので、アパートメントの大家を訪ねた。

「鍵もバッグも中に入れたまま、車をロックしてしまったんだよ。バスを追いかけて、なんとか間に合ったようだがね」

「彼女は九死に一生を得たんです。今朝、心臓の手術を受けたので、四、五日は戻れないでしょう」

大家はショックを受けた面持ちで言った。「あの物静かな、かわいい娘さんがねえ。だれにでも優しかったから、みんな寂しがるよ。私と家内がお大事にと言っていたと伝えてくれ。戻るまで部屋は私が注意しているからってね。部屋から何か持っていくかね？」

「そのうち、彼女と話をしてから、必要なものを取りに戻ってきます」荷物だけでなく、あの子猫のこともなんとかしなければならない。このままでは子猫は死んでしまう。

「ここにいるから呼んでくれ。あんた、親戚の人かい？」

「そうです」ラモンは手短に答えた。

家に帰って夕食をとるつもりで車に乗ったが、家には戻らなかった。なぜか無意識のうちに車を病院の方角に向けていた。


ノリーンはまだ意識を取り戻していなかった。ラモンは心配になって、聴診器を当ててみた。新品の金属製の弁の開閉する音が、安定したリズムを刻んでいる。人工弁は長年働きつづける。ノリーンは豊かな人生を送れるようになるだろう。もう動いただけで呼吸が苦しくなることはないし、不整脈も疲労感もなくなる。

ラモンは眉をひそめた。ノリーンが体の変調に気づいたのはいつだったのだろう。きっと、前兆があったに違いない。医者にも診てもらったはずだ。

好奇心はさらにつのった。カフェテリアに腰を落ち着けたラモンは、無意識に食べ物を口に運びながら考えをめぐらせた。なぜノリーンはだれにも話さなかったのだろう？　激しい発作に見舞われたことはあったのだろうか？　伯父夫婦は異状に気づかなかったのか？　何も気にしていなかった？

イサドラの死後、彼らはノリーンを遠ざけた。ラモンと同様、イサドラの思いがけない死に、ノリーンの無責任以外の理由があるとは考えもしなかったのだ。だが、ノリーンの現在の健康状態からすると、あの悲劇をあらためて考え直してみる必要がある。

ラモンは食事を終えて立ちあがった。顔をしかめたまま、腕時計に目を落とした。ノリーンの手術から八時間がたとうとしていた。

スタッフ専用エレベーターで集中治療室のある階に上がった。ノリーンがいる小部屋の前で深いため息をつくと、彼は中に入った。まず各種のモニターを確認した。モニターで見る限り、容態は安定している。だが、意識が戻っていないのはなぜだろう？

ラモンはノリーンの上にかがみこんだ。「ノリーン」とっさに言葉が口をついて出た。

ノリーンがぱっと目を開いた。

思いがけなくもうれしい反応に、ラモンの心臓がぴくりとはねた。ノリーンの瞳が不思議そうにラモンの顔を見つめている。まだ麻酔がきいているらしい。

ラモンはノリーンの瞳孔（どうこう）を調べ、聴診器をあてて心拍音を聴いた。心臓が安定したリズムで打っているのに満足して、うなずいた。肺もはるかに澄んだ音をたてている。ラモンは頭を上げて、ノリーンの瞳をのぞきこんだ。呼吸器の管はもう口から取りのぞかれていた。

ノリーンはつばをのみこもうとした。「喉が……からから」弱々しい震え声だ。

ラモンは滅菌ずみの包みから、乾燥した唇に用いる湿った綿棒を取り出して、ノリーンの口の中ですべらせた。「麻酔のせいだよ。口の中にいやな味が残って、喉が渇く。すぐにふつうに戻るよ」

「あなたは……ここで何を？」ノリーンの口から眠そうな声がもれた。

「手術室に運ばれたとき、君の身元はだれも知らなかった。僕が手術をした」

ノリーンは顔をしかめた。「ドクター・マイヤーズが……気を悪くするわ」

「マイヤーズって？」

「メーコンの……郡立総合病院。来週、手術を……してくれる予定だったの」

ノリーンはふたたび眠りに落ちた。ラモンはため息をついて、ノリーンのベッドから離れた。

彼女は朝まで眠りつづけるだろう。ラモンは家に戻ると、衝動的にメーコンにいるマイヤーズという心臓外科医の電話番号を探した。

たいして苦労もせず、その医者は見つかった。ドクター・マイヤーズは自分に電話をよこした相手がラモンだとわかると、ひどく驚いた。

「ご高名はかねがねうかがっています」マイヤーズは言った。「私の患者のことでしょうか?」

「ノリーン・ケンジントンのことで。亡くなった妻の従妹なんです」

「ああ、ノリーンですか」マイヤーズが笑いながら答えた。「手ごわいお嬢さんですよ。手術台に乗りたがらなくてね。二年前、アトランタの高級アパートメントに旧友を訪ねたときのことです。そこの管理人が、階段で倒れている若い女性を見つけて、私に助けを求めてきたんです。彼女を診察してから、私が病院まで付き添いました。そこの医師と話しあって、レントゲンを撮ると、問題があることがわかったんです。超音波検査をすると、血液がわずかにもれていました。手術をすすめましたよ。しかし、混濁した意識の下で彼女は断りました。うわごとのように従姉のことをつぶやいていましたね。ぐあいが悪いとか早くそばに戻ってやりたいとか。私としては、むろんノリーンの状態のほうが心配でした。それで鎮静剤を与えて、ひと晩入院させたんです」

そのあいだにイサドラは死んだ。ラモンは目を閉じた。ノリーンは無責任ではなかった。

倒れていたのだ。

「心臓発作だったんですか?」ラモンはきいた。

「それほど深刻な発作ではなかったらしく、心電図では異常を示すものはありませんでした。ノリーンは回復し、手術を拒否した。しかし私は強く言って、三カ月に一回、検査をしてきました。一カ月ほど前に悪化しているので、危険な状態になる前に手術を受けなさいと……」ラモンの沈黙に何かを感じとったのか、マイヤーズは不意に言葉を切った。

「ノリーンの状態は?」

「今朝、バスの中で倒れたんです。救急車で病院に運びこまれて、僕が緊急手術をしました」

「そうですか。状況はどうであれ、ノリーンは最高の執刀医を得たんですね。安心しました。もう心配ないんでしょう?」

「容態は安定しています。経過を見ないとはっきりとは言えませんが、完全に回復するでしょう」ラモンはゆっくり息を吸った。「僕はノリーンが心臓を患っていたなんて知りませんでした」

「気にすることはありませんよ。ノリーンはだれにも話していなかったんですから。彼女は親しい身内もいない自立した女性だったんですよね」

「伯父夫婦がいて……」

「ああ、そうでした。しかし、親戚が望みもしない子供をどんなふうに扱うか、おわかりでしょう。自分の子供と同じわけにはいきませんからね」

ラモンはショックから立ち直れなかった。「ノリーンはそんなことまで話したんですか?」

「ええ。ノリーンは最後に診療に来たとき、出生証明書を持っていました。パスポートを申請するためにね。発展途上国で仕事をするつもりだったんですよ。これがアメリカを去ったあとでなくてよかった」

ラモンはどさりと腰をおろした。「ええ」

「私の患者が命を取りとめたと聞いて、うれしいですよ。ノリーンが元気になったら、私が会いたがっていたと伝えてください」

その後しばらく会話を続け、ラモンは電話を切った。ノリーンについて知らないことが多すぎた。ケンジントン夫妻は彼女の心臓のことを知っているのだろうか。

ラモンは夫妻の家に電話し、留守番電話のメッセージから彼らが来週まで戻らないことを知った。

彼は大家から玄関の鍵を借りる前に、錠前屋にノリーンの車のロックをはずしてもらった。大家に手を振って挨拶(あいさつ)し、ノリーンのバッグを持って建物の中に入った。二階に上がって彼女の部屋のドアを開けると、子猫が駆け寄ってきた。腹をすかせているのだろう。

ラモンは子猫を抱きあげて、ジャケットの下に隠した。ふたたび部屋の鍵をかけ、だれにも気づかれずに子猫を連れて、アパートメントを去った。

家に帰る途中、子猫のために必要なものを買った。車の助手席に乗せると、子猫はうれしそうに喉を鳴らして、おとなしく座っていた。

子猫はラモンのいい相棒になってくれた。彼はそれまで自分のアパートメントがひどく寂しい場所だということに気づいていなかった。湯気の立つコーヒーカップをテーブルに運び、その横の安楽椅子に腰をおろした。子猫はラモンの膝によじのぼって気持ちよさそうに体を丸め、喉をごろごろ言わせて眠りについた。

ベッドに行く前に、集中治療室に電話を入れた。ノリーンは順調に回復しているという。彼がベッドに向かうと、子猫がちょこちょこついてきた。ラモンは頭のそばに子猫のぬくもりを感じながら、眠りに落ちていった。

翌日は、かなり遅い時間まで集中治療室に行けなかった。一日じゅう予定がびっしりつまっていたので、手術の合間に立ち寄るしかなかった。

ラモンは声もかけず、モニターの画面を確認して、ノリーンに聴診器をあてた。

「私は……大丈夫よ。いつ家に帰れるの？」ノリーンがきいた。

ラモンは片方の眉を上げた。「笑わせるなよ。君は明日の朝、個室に移ることになっている。付き添いの看護師を雇うよ」

「あなたの……」ノリーンは顔をしかめ、ひと呼吸してつけ加えた。「助けは……いらないわ！」

「ありがとう。僕も君が好きだ」ラモンは怒りに燃える彼女の瞳をのぞきこみ、力なくほほえんだ。「確実に回復している。あとでまた診に来るよ」

ノリーンがまばたきした。まだ麻酔の効き目が残っているらしい。

「眠るんだ」ラモンは優しく言った。

ノリーンが素直に目を閉じるのを見て、ラモンは集中治療室をあとにした。


最後の手術はうまくいかなかった。患者の症状はラモンが救えないところまで進んでいた。ラモンは家族に話をした。家族の悲しみを目にしながら、それをどうすることもできない。ラモンの心はうつろだった。病院の礼拝堂づきの女性司祭が姿を現して、打ちのめされた家族を引き受けてくれた。司祭たちには頭が下がる。あの人たちには体重と同じ重さのダイヤモンドくらいの価値がある。

ラモンはその夜もう一度、集中治療室に行った。陽気なアフリカ系アメリカ人の若い看護師が勤務についていた。彼女はラモンに笑いかけた。

「先生の患者さんは、明日にでも歩けそうですね。ミス・ケンジントンは夕食をすっかり平らげたんですよ。すごい食欲」

ラモンはほほえんだ。「いいことだ。悪化の徴候はないね？」

看護師は首を振った。「中枢器官の状態は良好。めざましい回復ぶりです」

「よかった」ラモンはノリーンのベッドに歩み寄った。彼女は完全に目を覚まし、今、置かれている状況をしっかり把握していた。

「あなたが私の手術をしたのね」ノリーンはとがめるような口ぶりで言った。

「君だと知らなかったんだ。身元がわからなかったんだから」

「バッグを入れたまま車をロックしてしまったの。走らなければバスに間に合わなかった」苦労して息を吸いこみ、入院患者用のガウンの上から胸に触れた。「痛いわ」

「何か処置をさせよう」ラモンは言った。「走ったせいで、急に悪化したんだろう。倒れたときのことは覚えているかい？」

「何も感じなかった。床がせりあがってくるように見えて、それから目の前が真っ白になったの」

「痛みは？」

「なかったわ。覚えている限りでは」ノリーンは彼のげっそりした顔をじっと見つめた。

「あなた、すごく疲れているみたい」心ならずも口をすべらせた。

ラモンはノリーンの優しい言葉に胸が高鳴った。「長い一日だった。患者をひとり亡くしたんだ」

「残念ね」

ラモンは感情を押し殺した顔で言った。「この仕事にはつきものだ。しかし、心は痛む」

ノリーンの表情を探る。「君は顔色がずっとよくなった」

「いつ仕事に戻れる?」

「よくなったら」

「働かないと食べていけないわ」

「そんなことにはならないさ。君の医療保険はこの街では最高の部類に入るからね」

「どうして知っているの?」

「調べたんだ。それはそうと、伯父さん夫婦に電話したよ。あいにく旅行中だった」

ノリーンはカーテンのほうに目をそらした。「わざわざ知らせる必要はないわ」

「伯父さんたちは君に愛情を持っているよ」

ノリーンは口をつぐんだ。伯父夫婦のことならよくわかっている。しかしラモンと言い争う気はなかった。

「君には明日、東棟の三号室に移ってもらう」

「心疾患集中治療病棟ね。病室はすべて個室だし、看護師も不足しているわ。死んでも、だれも気づいてくれないわね」

「そんなことにはならない。君はモニターにつながれて、いつも監視されているから。それだけじゃない。僕は付き添い看護師も手配するつもりだ」

　ノリーンはラモンをにらみつけた。「そんなお金の余裕はないわ」

「落ち着いて。新しい弁に負担をかけてはだめだ。金なら僕が払う。君とは身内だろう」

「いいえ、私に身内はいないわ。だれひとり」

　ラモンはノリーンの瞳に怒りと敵意を読みとった。彼女にはそう感じるだけの権利がある。ラモンは二年ものあいだ、ノリーンを非難してきた。軽蔑されてもしかたない。

「好きなように考えるといい。いずれにしても、君には看護師をつける。朝また診察に来るよ」

　ノリーンには彼に言いたいことがたくさんあった。しかしラモンはさっさと出ていった。彼の広い肩がドアの外へと消えるのを見つめ、こぶしでベッドを激しくたたいた。それが胸に響き、ノリーンはうめき声をあげた。

「痛みどめをあげましょうか？」

「ええ、お願い」ノリーンは看護師に答えた。本当なら黒い瞳をした悩みの種に効く薬はないかと尋ねたいところだ。けれど、この病院のスタッフはラモンを慕っている。余計なことは言わないほうがいい。

　翌日、ノリーンが夕食をとった直後に、ぽっちゃりした小柄な竜巻が病室に飛びこんできた。その竜巻はミス・ポリー・プリムと名乗った。彼女は以前ラモンの患者に付き添ったことがあり、今回も仕事につけるのをうれしく思っていた。

ブラッドはノリーンが手厚い看護を受けているのを知って喜んだ。彼は昼間の勤務についているので、夕方帰宅する前にノリーンを見舞うのが日課になった。ブラッドには気にかかることがあった。退院したら、ノリーンはどうなるのだろう。彼女は自分の部屋に戻ると言っている。ブラッドは外科医がそれを許可しないことを願った。ノリーンはまだひとりで暮らすのは無理だ。

6

個室に移されて二日が過ぎた。麻酔からさめ、ノリーンがまず考えたのは、部屋に残された子猫のことだった。ミス・プリムに支えられて病棟の中を歩き回りながら、かわいそうな子猫のことを思わないではいられなかった。

ブラッドが様子を見に来てくれた。彼はノリーンがベッドに戻り、ふたたび酸素と点滴、心臓モニターを取りつけられるまで待っていた。

「子猫がいるの」ノリーンはブラッドに訴えた。「私の部屋にひとりぼっちで。もう何日も食べ物も水もあげてないのよ。死んでしまうわ」

「ああ、子猫ね。実は、あの子猫はすでに伝説的な存在になっているんだよ。ドクター・コルテロと一緒に住んでいるんだ」

ノリーンは心臓がとまりそうになった。ぽかんと口を開けて、ブラッドを見つめる。

「ラモンと？」

「そうなんだ。てっきりあの先生は動物嫌いだと思っていたけどな」

「私もよ」

「猫のために首輪やおもちゃを買ったらしい。寝るのも一緒なんだってさ」

「そんなの信じられないわ。かついでいるのね」

「嘘かどうか、回診のときにきいてみるんだね」

ブラッドの話を鵜呑みにはできなかった。ノリーンはいつかイサドラから、ラモンは動物が嫌いで毛皮と爪のあるものは近づけたがらないと聞いたことがある。子供も嫌いで、父親になる気はなく、パーティや人づきあいが好きだとも。

ノリーンの目には、ラモンはそんなふうに見えなかった。といっても、彼のことを深く知っているわけではない。ラモンに近づけたのは、あとにも先にもイサドラだけだ。イサドラが死んでから、ラモンはだれともつきあわず、デートすらしていない。

それはとりたてて驚くことでもなかった。ノリーンはラモンがイサドラに夢中だったことを知っている。イサドラの死からだいぶたった今も、同じだろう。

ミス・プリムがカフェテリアに行ったわずかな時間、ノリーンはひとり取り残された。物思いにふけっていたので、ラモンが入ってきたのにも気づかなかった。気づいたのは彼が聴診器を構えてかがみこんでからで、ノリーンはびっくりして飛びあがった。

「だめじゃないか」ラモンはいらだたしげに言った。聴診器がゆったりしたガウンの下にすべり、ノリーンの胸に押しあてられた。「ふつうに息をして」

ラモンの顔が間近にあるときに、ふつうに息をするのは難しい。ノリーンは目を閉じた。浅黒い肌、くせのない豊かな黒い髪、うるんだような黒い瞳。苦しくて、とても見ていられない。

ラモンは体を起こして、ノリーンが目を開くのを待った。だが目を開けたあとも、彼女はラモンと視線を合わせようとしなかった。

「私は順調に回復しているわ」

「そうだね。食欲のほうは？」

「出されたものはきれいに食べているけど」

「いや、ゼリーとスープ以外は残している。食べないと、点滴をはずせないぞ」

「わかったわ」ノリーンは怒ったように言った。ラモンを見て、すぐにまた目をそらした。

「私の子猫はどうしてる？」

ラモンはにっこり笑った。黒い瞳がきらきら輝いていた。「二匹分、食べているよ」

「面倒をみてくれてありがとう」

「手がかからない子だね」

「信じられないわ。あなたは動物が嫌いなのに」私のことも。ノリーンはそっと心の中でつけ加えた。

ラモンは眉をひそめた。ノリーンは麻酔による混乱から抜け出していないのだろうか。

ラモンは動物が好きだった。ひとりで住んでいるのは、動物に愛情をかける時間がなかったからだ。

「痛みはどうだい?」

「順調に回復しているわ」

ラモンはためらった。ノリーンは彼を見ようとしないし、話もしたがらない。ラモンは彼女の手を取り、点滴や血液を入れるために血管に挿入されたシャントを調べて顔をしかめた。

「このシャントは洗浄しているのか?」

「挿入してから、一日たっていないわ」

ラモンはカルテに洗浄の指示を書きこんだ。シャントのひとつがふさがっているようだ。心臓の手術をした直後の患者にとって、シャントがふさがらないようにするのは大事なことだ。ラモンはノリーンのもう一方の手を取った。絹のようになめらかで、爪も短く切りそろえられ、清潔だった。「いつもハンドクリームを使っているんだね。驚くほどすべすべしている」ラモンは親指を彼女の手にすべらせながら言った。

ノリーンは手を引っこめた。かたくなに目をそらしたままだ。「仕事をする手よ。モデルの手じゃないわ」

「わかっているよ、ノリーン」

ラモンがノリーンを名前で呼ぶことはめったにない。ノリーンはまさに拷問にかけられているような気分だった。目を閉じて、ひたすら彼が立ち去ってくれることを願った。

ラモンはノリーンが自分を締め出そうとしているのをはっきり感じた。何年も彼女を傷つけてきたのだから、心を開けと言うほうが無理だろう。彼は顔をしかめた。ノリーンが触れられるのをいやがっているので、いらだっていた。一回目の結婚記念日のパーティのとき、キッチンでノリーンは彼から逃げ出した。妻がいたあのときでさえも、同じ思いを味わった。

「あとでまた診察に来るよ」

「ありがとう。でも、その必要はないわ。ミス・プリムは優秀な看護師だから」

ノリーンのよそよそしさに、ラモンはさらにいらだった。「ジョンに回診してもらったほうがいいのか?」ぶっきらぼうに同僚の外科医の名前を出した。

「そうね……そのほうがいいわ。あなたがよければ」ノリーンは小さな声で答えた。

ラモンは理由のない激しい怒りに駆られ、ひとことも言い返さず、病室から立ち去った。

ノリーンはほっとため息をついた。あと二、三日の辛抱だ。退院して体力が回復したら、ラモンとかかわりのない郊外の病院で仕事を見つけよう。確かに命を助けてもらったけれど、心のほうは別だ。もう苦しみたくない。ふと、パスポートを申請したのを思い出した。ラモンへの思いを断ち切るために、看護師としての能力を発展途上国に捧げようと考えたのだが、こうなってみると無謀なことだったと思う。

ノリーンはぼんやり窓の外を眺めた。本当に伯父と伯母は旅行中なのかしら。ラモンが取りつくろっているだけなのかもしれない。もともと伯父夫婦が引きとってくれたのも責任感からで、愛情からではなかった。ノリーンはいつも家族の輪からはじき出されていた。子供のころはつらかったけれど、やがてそれにも慣れていった。

ノリーンは目を閉じて、ふたたびため息をついた。もう一度人生をやり直そう。ラモンを愛するのも、伯父夫婦の冷たい仕打ちを思い出して悲しむのも、やめなければ。新しい部屋を見つけ、服装もすっかり変えて、新しい人生に踏み出そう。健康を取り戻せば、将来の計画だって考えられる。これからは人生を思いっきり楽しむのだ。


ラモンは雷雲のような暗い顔つきでアパートメントに帰った。ノリーンが自分の診察を拒んだことに対する激しい怒りは消えていなかった。僕は命を救ったんだぞ――それをなんとも思わないのか？

彼はグラスに酒をついで、どさりと安楽椅子に腰を落とした。すぐに子猫が膝にのった。

「おまえだけは僕を歓迎してくれるんだな」ラモンは放心した様子で子猫を撫(な)でた。

ラモンは子猫との生活を楽しんでいた。子猫は彼が見失っていたものを気づかせてくれた。長いあいだ、この場所には孤独と悲嘆しかなかった。イサドラが生きていたころは、笑いと騒音と部屋からあふれるほどの人が待ち受けていた。彼女は毎日のようにパーティを開き、ラモンは心の安らぐ暇がなかった。イサドラがいやがったので、静かに医学誌を読む贅沢も味わえなかった。

妻がいつも人を集めていたのは、結婚生活の空虚さを埋めるためだったのだろうか。イサドラは動物も子供も嫌いだった。子供なんて産んだら体の線が崩れるし、赤ちゃんの奴隷になるだけよ。自分を犠牲にしてつまらない主婦になるなんて、まっぴら。そうイサドラは言いたてた。猫の毛は美しい家具を汚し、犬は子供と同じように手がかかりすぎるとも言っていた。

ラモンはイサドラを愛していたので、妻の考えを知ってからは家庭を築く夢をあきらめた。結婚後わずか二、三カ月のうちに、夫婦の気持ちは離れはじめた。死ぬ前の数カ月間、イサドラは酒を浴びるように飲んでいた。嘘をつき、脅迫し、無理難題と非難の言葉を投げつけた。パリに連れていかないのなら――恋人に会う機会を奪う気なら、死んでやるとも言った。

ラモンが拒んだのは、イサドラの体調のせいで、嫉妬心からではなかった。しかし、そんな理由はイサドラには通じなかった。私に用もないくせに人に渡すのが惜しいのね。あなたが欲しいのはノリーンでしょう。イサドラは猛烈にラモンを責めた。ノリーンはあなたを求めたりしないわ。男が怖いのよ。とくにあなたがね。妻はその言葉の意味を説明しようとしなかった。そしてラモンも深く考えなかった。今までは。

　ラモンは酒を飲みながら、イサドラとふたりで装っていた理想的な夫婦像とは裏腹な数々の事件を思い起こした。イサドラが取り乱した患者の妻からの電話をラモンに取りつがず、勝手に切ったこともあった。患者は心停止に陥ったが、幸いにも別の医者が救ってくれた。ラモンがパリに出発する一週間前のことだ。

　ラモンはノリーンに妻の世話を頼んで、パリに行った。ノリーンは喜んで引き受け、休みを返上して従姉（いとこ）の看護をしてくれた。

　ノリーンがイサドラを死に至らしめたとだれもが思った。今、ラモンはようやく真実を知り、それを受け入れられると感じていた。運命が悲劇をもたらし、ノリーンは心臓発作を起こした。しかもラモンとケンジントン夫妻は、二年ものあいだノリーンを孤立させ、罰を与えてきたのだ。ノリーンがラモンに触れられるのをいやがり、助けを拒むのも無理はない。

　ラモンはうめき声をもらした。よくも偉そうに彼女を裁けたものだ。ノリーンの優しい心を見過ごして、冷酷な殺人鬼に仕立てたとは。僕のせいでもあるのに。いや、ノリーンより僕のほうが罪が重い。今なら認められる。本当は、あのときイサドラと出かけたくなかったのだ。

　おとぎ話のような結婚は、坂をころげ落ちるように破滅に向かっていった。夫婦げんかが絶えず、ラモンがパリに発った日も、ふたりは激しく言い争った。妻の同行を拒んだのは、ひとりの時間を持ちたかったからだ。ノリーンだけでなく、ラモン自身の不在が、イサドラの死を招いた。だが、彼はその罪を認めることができなかった。幸せな結婚生活が実は地獄さながらの日々だったことを、人に知られたくなかったのだ。今となっては遅すぎる。ノリーンは彼とかかわるのを拒んでいる。思えばずっと彼から逃げ出そうとしていた――とくにイサドラと結婚したあとは。それなのに、ノリーンを責めることができるだろうか？

まだ間に合ってくれればいいのだが、とラモンは悲しく思った。ノリーンに償いたい。過ぎ去った二年間を取り戻すことはできなくても、彼女の生活を楽にしてやることはできる。ケンジントン夫妻にも事実を知らせなければ。ノリーンは誤った扱いを受けてきた。それが正されるかどうかは自分にかかっている。うまくいくことをラモンは願った。

翌日、ノリーンは看護師の助けを借りて病棟を三回歩き回ることができた。歩くことはいい刺激になる。人工弁の機能を保ち、肺をきれいにし、体力を取り戻させてくれる。あと数日で退院できる。ノリーンの顔には喜びがあふれていた。

少なくとも、ラモンが病棟に現れ、目の前に立つまではそうだった。ノリーンの輝くばかりの笑みはかき消えた。瞳は光を失い、視線は床に落ちる。手は看護師の長い腕をきつく握りしめた。

「いいぞ」ラモンはノリーンが急に生気をなくしたのを無視した。「できるだけ歩く回数を増やすといい。それだけ回復も早くなる」

「これで三回目なんです」看護師が言った。「だんだんよくなっているんですよ」

「ああ、そのようだ」

ノリーンは看護師に言った。「歩きましょう。じっと立っていると体がぐらぐらするの」

「三一〇号室に行って」別の看護師がノリーンを介助している看護師を呼びに来た。「呼吸器の薬剤がなくなりそうだって患者さんが言っているの」

「僕が代わろう」ラモンが言った。

ノリーンはまるで処刑人にでも引きわたされたような顔をしていた。

「僕にさわっても死にはしない」ラモンはぴしゃりと言って、ノリーンの手を自分の腕にかけさせた。「さあ、歩いて」

ノリーンはラモンが憎らしかった。病院のスタッフたちがおもしろそうに見ているのもいやだった。回診中の外科医が、よろよろ歩く患者を支えるのは珍しい。

「痛みは?」ナースステーションの周囲をぐるりと回りながら、ラモンがきいた。

「よくなったわ」

ラモンは黙ってうなずくと、ノリーンのわきを支えながら、ゆっくりと病室に戻った。

彼女をベッドに寝かせて、スリッパを脱がせてから、酸素シリンダーから呼吸管をはずし、それをふたたび壁のパネルに取りつけた。

ラモンが聴診器を胸にあてているあいだ、ノリーンは息苦しさと自分の弱さと、ラモンの近くにいることで起こる反応と必死で闘った。

ラモンの黒い瞳がまっすぐ彼女の瞳をのぞきこんでいる。彼は身じろぎひとつしなかった。

「胸が痛むの」ノリーンは居心地悪そうに言った。

「痛みどめを持ってこさせよう」ラモンはシーツを腰まで引っぱりあげて、ゆっくり息を吸いこんだ。「子猫のことをきかなくていいのか?」

ノリーンは必死で呼吸を整えた。「元気にしている?」

「ああ、元気だ。退院して、あの子を引きとるのが楽しみだろう」ラモンはかすかに笑みを浮かべている。「僕になついているんだ」

「ホームレスの子猫は世界じゅうにたくさんいるわ」ノリーンはあたりさわりのない返事をした。

「あの子に面会する権利を与えてもらいたいな」

ノリーンが視線を上げた。そのとき、彼女の目からすべての感情が消え去った。「お断りするわ」

ラモンはほんのわずかだけ目を見開いた。「これからずっとそんな調子でいくのか?」

低い声できく。

「どういう意味かわからないわ」

「わかっているだろう。君も、いずれ僕が事実を知ることは予想していたはずだ。イサドラがひとり取り残されたのは、君が発作を起こしたからだ。ショックだったよ」

「それは予想していたわ。でも、あなたのほうは、私が事実を打ち明けようとしたことは予想もしなかったでしょうね。あなたは私の話を聞こうとしなかった。あなたたちのだれひとりとして」ノリーンは完全に心を閉ざした顔をしていた。「二年も人殺し扱いされてきたのよ。忘れられると思う?」

ラモンは上体をまっすぐ起こした。「いや。謝っただけで過去を消せるとは思わない。しかし少しは気がおさまるなら、心から謝る。すまなかった」

ノリーンは目を伏せた。くたくたに疲れていた。「あなたは知らなかった。あの人たちもね。今さら事実がわかったところで、たいした違いはないわ」ノリーンは唇を噛んだ。「イサドラは死んだのよ。私の過ちだわ。私はもっと強く言って、病院から帰してもらうべきだったのに」

ラモンにはノリーンの言葉がナイフと化して、自分の胃をえぐるように感じられた。

「ノリーン……」優しく彼女を押しとどめた。

ドアが開いて、ブラッドが入ってきた。彼はノリーンのそばに近寄って、自分より年上の医師をにらみつけた。「もうノリーンを傷つけるのをやめたらどうです。ノリーンはすでに、いやと言うほど傷ついてきたんですよ」

「確かにそうだ」ラモンはノリーンの青白い頬を伝う涙を見つめた。彼の瞳には苦痛がにじんでいた。「そして僕はそれをほうっておいた」ベッドに背を向け、開いたままの戸口に向かった。「彼女になるべく食べさせるようにしてくれ」

ブラッドは返事をしなかった。サイドテーブルの上の箱からティッシュを取り、ノリーンに差し出した。彼はこんなに打ちのめされたノリーンを見たことがなかった。

ラモンは廊下を歩きながら、途方に暮れていた。ノリーンの涙は前にも見たことがあるが、心を動かされたりはしなかった。なのに今はノリーンを泣かせたことで心が痛んだ。

簡単に過去の敵意をとかすことができると思っていた。ノリーンの信頼を勝ちとるには、長い時間がかかる。彼は自分が無力になったように感じていた。

ミス・プリムが夜間の付き添いを始めてから三日たった。次の朝、ノリーンは穏やかに感謝の言葉を伝えて、付き添いを断った。できれば、ラモンにこれ以上の出費をさせたくなかった。

ノリーンが退院を許される翌週の月曜の出来事について予見できなかったのは幸いだった。それまでに心臓外科の患者だけが参加する栄養補給に関する講習を受けさせられていた。看護師が必要な書類を書き、処方箋(しょほうせん)と診察券を渡してくれた。退院後も心臓病医の診察を受けなければならないのだ。

ノリーンは病室で看護師が車椅子を持ってきてくれるのを待っていた。タクシーを呼ぶ手配もしてもらった。なんの問題もないと思っていた。

看護師が迎えに来たときだった。ノリーンは病棟の入り口にケンジントン夫妻がいるのに気づいて、ショックを受けた。ふたりに険しい視線を投げ、迷惑そうに顔をこわばらせた。

「ラモンに退院すると聞いてね」伯父が口を開いた。

「ええ、今日アパートメントに帰るわ」ノリーンは笑顔も見せずに答えた。「どうしてここに?」

伯父は驚いたような表情を浮かべた。「大手術だったそうじゃないか」

「私たち、旅行に出ていたの」伯母が言った。「今日帰ってきたのよ。知っていたら、もっと早くここに来て……」

「無理しなくてもいいのよ」ノリーンは冷ややかに言った。「こうしてお見舞いに来てくれたのだから、人に噂(うわさ)される心配もないわ。私、気分がよくないの。失礼して、家に帰りたいんだけど」

「昔のあなたの部屋を使うといいわ。看護師を雇って、付き添ってもらい……」

「私はアパートメントに帰ります、メアリー伯母さん」ノリーンは目をそらしたまま答えた。

「ひとりで暮らすのはまだ無理だ」伯父が言う。

「もう何年もひとりで暮らしてきたわ。そのほうが好きなの」ノリーンは看護師に向かってうなずいた。彼はノリーンの車椅子をエレベーターのほうに押しはじめた。「来てくれてありがとう」ノリーンはふたりの顔も見ずに言った。

ケンジントン夫妻はその場で姪を見送った。当惑していた。自分たちの気づかいを喜んでもらえると思っていたのだ。しかし今のノリーンはもう、以前の物静かで内気な少女ではなかった。

「ラモンはあの子が変わったと言っていたわ」メアリーが夫に言った。「信じてもらえないのも無理ないわね。あの子にはひどい仕打ちをしてきたもの」

「ああ、三人そろってな」夫のハルも静かに同意した。「こうなるまで何も知らなかった」

「なんとか説得しましょうよ」

「そう思うかい？」ハルは苦々しく笑った。

メアリーはハルの腕を取って、エレベーターに向かった。ノリーンの乗ったエレベーターの扉が閉まると同時に、高価なスーツに身を包んだラモンがスタッフ専用のエレベーターから出てきた。

「彼女はどこにいるんです?」ラモンはケンジントン夫妻に声をかけた。

「タクシーをつかまえに階下に下りていった」ハルが大儀そうに言った。「私たちと話そうともしない」

「タクシー?」ラモンはそれ以上ぐずぐずしなかった。扉が閉まる寸前に、階下に下りるエレベーターに飛び乗った。

ノリーンは一階ロビーの受付デスクのそばで、タクシーを呼びに外へ出た看護師を待っていた。

車椅子の背後に立ったラモンが、病院の入り口のほうに押しはじめた。そこに自分の車をとめてあったからだ。

「何をするの?」ノリーンはラモンが車椅子を押しているのに気づいて、息をのんだ。

「ジャック、このドアを開けてくれ」ラモンは看護師に声をかけた。「タクシーはいらない。僕が彼女を家に連れていくから」

「はい、先生」若い看護師はラモンを手伝って、顔を真っ赤にして抵抗するノリーンを車の助手席に座らせた。ラモンはノリーンのスーツケースを車のトランクに入れた。

「タクシーに乗せて」運転席に乗りこむラモンに、ノリーンは文句を言った。

「僕と一緒に来るんだ」ラモンが応じた。いつもはほとんど感じられないスペイン語なまりが強くなっている。彼の車は病院の入り口を出て、ハイウェイに入る側道を走っていた。

「いやよ。あなたとなんか行かない！」

「落ち着け（カルマーテ）よ」ラモンは穏やかに言った。「感情を爆発させるのはよくない」

ノリーンはいらだった。座席に背中をあずけながら目を閉じて、めまいと苦痛を抑えようとする。今日は朝から大荒れだわ。

「あなたがあの人たちをよこしたの？」車がハイウェイに入ったとき、ノリーンはきいた。

「伯父さんたちのこと？　今日帰ってくるのを知っていたからね。電話をして、君の手術のことを話した。ショックを受けていたよ」

「どうして？」

ラモンはちらりとノリーンの顔を見た。「あの家にいたときは、健康そうに見えたからね」

「家なんかじゃなかったわ」ノリーンは窓の外を見ながら答えた。

ラモンは何も言わず、物思わしげなまなざしをじっと車道にすえていた。「君はいつもあの家のすべてに溶けこんでいるように見えた」

「それはそうよ。私は家具でしかなかったもの。ずっと目立たないように生きてきたわ。でも、これからは違うの。元気になったら、外国で仕事をしてもいいし。何もかも捨てて、最初からやり直すのよ」

ラモンは胸がどきりとした。ノリーンがこの街から出ていく？　彼はその瞬間、行かせたくないと強く感じた。それは、まるで宇宙空間に踏み出すような思いがけない感覚だった。ラモンはノリーンに暗いまなざしを投げた。

「三カ月は何もできないぞ。僕は大変な労力を費やして、君をここまで回復させた。それをむだにはさせない」

「三カ月は言われたとおりにするわ。でも、それが過ぎたら、自分の好きなようにするつもりよ」

数分後、車はラモンのアパートメントの入り口でとまった。彼はドアマンに合図して車のトランクからスーツケースを出してもらうと、ノリーンをかかえあげて中に入っていった。

「あなた……何を……してるの？」ノリーンはもがきながら、大声をあげた。

「静かに」

ラモンは足をとめなかった。ドアマンがスーツケースを提げて後ろからついてくる。

「僕の従妹(いとこ)だよ」ラモンはドアマンに話しかけた。「心臓の手術を受けてね、ひとりで生活できるようになるまで、僕が面倒をみることにした」

「それは何よりですよ」若いドアマンはにっこり笑った。三人は到着したエレベーターに乗った。

ノリーンは涙をこぼしそうになった。贅沢なコロンの香りに包まれ、なすすべもなくラモンのたくましい腕に身をゆだねている。彼の広い肩に回した腕はがちがちにこわばっている。自分の体が反応するのをラモンに悟られたくなかった。

ラモンが力をこめて体を抱き寄せたとき、ノリーンは自分に言い聞かせた。深い意味はないのよ。ラモンは私が親戚だから、こうしているだけ。私をほうっておくと、人に噂される。伯父夫婦もラモンも、世間体が気になるんだわ。

ノリーンはラモンの射抜くような視線を感じた。そして彼がふっと息を吸いこむ音を聞いて、初めて自分が泣いているのに気づいた。

エレベーターがとまると、ラモンは自分の部屋の前まで進んだ。いったんノリーンを床におろして、部屋の鍵を開けた。

「よければ、駐車したあとでキーを受付に置いておいてくれないか」ラモンはドアマンに車のキーを渡してスーツケースを受けとり、玄関ホールに置いた。「すぐ階下に下りていくから」

「もちろんです、先生。早くお元気になるといいですね」ドアマンがノリーンに笑いかけた。ふたたびラモンに抱きあげられたノリーンには、ドアマンに言葉をかける気力もなかった。

ラモンはノリーンを客用の寝室に運び、そっとベッドにおろした。「動くんじゃないよ」ノリーンの背後に手をのばし、背中に枕(まくら)をあてがった。隣の部屋に消えて、すぐにフルーツジュースの入ったピッチャーとグラス、薬を持ってきた。最後に子猫をかかえて戻ってきた。子猫はノリーンの膝にのり、ごろごろ喉を鳴らした。

「かわいい子」ノリーンは涙声で言いながら、弱々しくほほえんで子猫を撫でた。

「僕がいないあいだ、その子が相手をしてくれる。回診があるんだ。できるだけ早く帰ってくる。何かあったら、そこの電話で受付に電話してくれ。ミス・プリムには戻ってきてもらうよ」

ノリーンは自分がラモンの許可も得ず、あの気の毒な女性をやめさせたことを思い出した。

「ここにはいられないわ」

「ひとりにはできない。てっきりケンジントン家に行くものと思っていたよ」

「わたしはそれを拒んだわ。あなたはお荷物を背負いこんだのよ。背負いたくもないのに」ノリーンの目からどっと涙があふれた。「なぜ、私を家に帰してくれなかったの?」

ラモンは一瞬のうちに、回診も仕事も忘れた。ベッドに腰をおろし、泣きじゃくるノリーンを優しく胸に抱き寄せた。

7

「君を重荷だなんて思っていない」ラモンはノリーンのこめかみにささやきかけた。しなやかな手で優しく彼女の青白い顔から髪を払いのける。

ノリーンは握りしめた手を彼の胸に押しあてた。「ここにいたくないの」すすり泣きがもれた。

ラモンの瞳に苦悩がにじんだ。「わかっている」

「お願い」ノリーンは懇願した。「ブラッドが……私の様子を見に来てくれるわ」

「君をひとりにはできないよ。ブラッドには仕事がある。彼が君の面倒をみるのはよくない」

「私がここにいるのもよくないわ」

「問題ないさ。看護師が来るから」ラモンは冷ややかに言うと、ノリーンから手を離し、そっと枕（まくら）のほうに背中を押しやった。ベッドサイドに置いた箱からティッシュを取って、優しく目もとを拭（ふ）く。彼女は打ちひしがれ、疲れ果てているように見えた。やせているし、顔色も悪い。「帰りに夕食を買ってこよう。食べないと、もたない」

「食べ物なんかいらない」

「僕が口に運んででも食べさせる」

ノリーンが赤く泣きはらした目で彼を見つめた。そのやつれた顔とグレーの瞳には、苦痛がそっくり映し出されていた。

ラモンはノリーンの濡(ぬ)れた頬を撫(な)でた。彼女を守りたかった。「君のことは僕が面倒をみるから」優しい声で言った。「眠ったほうがいい」彼は身をかがめ、いきなりノリーンの唇にそっと唇を押しあてた。「できるだけ早く帰ってくる」

ラモンは体を起こし、ノリーンの表情を探った。彼女は呆然(ぼうぜん)とした顔つきをしていた。

「そろそろ出かけるけど、何か欲しいものは?」

ノリーンは首を横に振った。物憂げに子猫を撫でながら、ラモンの思いがけないキスはどういう意味だろうと考えていた。

「ベッドにいるんだよ。歩くのは僕がいるときか、看護師に助けてもらうときだけだ」

ノリーンはうなずいて、視線を泳がせた。

ラモンはぐっと顎を上げ、どこか傲慢(ごうまん)な態度で彼女を見おろした。「なぜ、僕がキスしたかききたくないのか?」

ノリーンの頬がさっと赤くなった。目を上げることもできず、ベッドカバーをぐっと握りしめている。

ラモンにはノリーンの居心地の悪さが手にとるようにわかった。彼自身も、あんな行動をとった自分に驚いていた。ノリーンの気持ちを乱すつもりはなかった。彼女はただでさえ、大変な思いをしているというのに。

「もう少し眠るんだ」ラモンはいかにも医者らしい口調に戻って言った。

ノリーンはうなずくのがやっとだった。

ラモンは子猫のやわらかい毛並みをくしゃくしゃにした。「僕はこの子をモスキートって呼んでいるんだ。蚊(モスキート)みたいにつきまとって、うるさく鳴くから。ちゃんとした名前をつけてやるといい」

ノリーンは返事をしなかった。ラモンは子猫を撫でていた手をノリーンのこぶしにのばし、固く握りしめた彼女の手を優しく包んだ。

「すまない。君を動揺させる気はなかった。じゃあ、あとで」

ラモンは寝室のドアを開けたまま出ていった。電話をかけている声が聞こえる。ノリーンはくたくたに疲れ果て、眠かった。ラモンがアパートメントを出ていく前に、うとうとしていた。

その日の午後、ミス・プリムが戻ってきた。今回はノリーンも手術直後と違って意識も完全に戻っていたので、ポリー・プリムが鬼軍曹のような態度を見せる、五十代の温かみのある女性だとわかった。彼女は、ラモンがテイクアウトの料理を持って帰ってくると、てきぱきとコーヒーをいれ、フルーツジュースをそそいだ。そしてノリーンにのしかかるように立って、動こうとしなかった。ノリーンはあきらめて、しぶしぶチキンのグリルを口に運んだ。

「ほら、おいしいでしょう?」ミス・プリムは言った。「その調子で食べるんですよ。そのあいだに、お薬の用意をしてきますからね」

ミス・プリムが姿を消したとたん、ノリーンはフォークを下におろした。皿に盛られたフルーツの砂糖煮、炒(いた)めたアスパラガス、おいしそうなホームメイドのロールパンをぼんやり眺めた。食欲はまったくなかった。ここはラモンが愛するイサドラと住んでいた家ではない。それでもノリーンは自分を侵入者のように感じていた。自分のアパートメントに戻りたかった。だが、ラモンがそうさせてくれない。

「食べてないね?」ラモンは寝室の入り口で優しく叱(しか)った。ジャケットを脱ぎ、真っ白なシャツの袖(そで)をたくしあげている。くだけた服装をしていても、ラモンは優雅に見えた。おまけに怖いほどセクシーだ。

「努力しているわ」ノリーンは料理を見つめて、弁解がましく言った。

ラモンは寝室に入り、ノリーンのそばにそっと腰をおろした。ノリーンの手からフォークを取りあげ、角切りにしてあるフルーツを突き刺して、口に近づけた。

「やめて……」ノリーンは抗議した。

ラモンはノリーンのかすかに開いた口にフルーツをあてがい、やわらかい唇を押すようにそっと動かした。あからさまな誘惑に感じられる。私は空想をしているんだわ。ノリーンは胸の中でつぶやきながら、上目づかいにラモンを見た。

ラモンは目をなかば閉じて、彼女を見おろしていた。すごくハンサム。ノリーンは惨めな思いで認めた。これほど官能をくすぐられ、欲望をそそられる男性には会ったことがない。

ラモンが間近に顔を寄せ、ノリーンのやわらかい唇に視線を落とした。「食べるんだ」ふたたびノリーンの唇をフルーツで刺激しながら言う。

ノリーンはしかたなくもう少し唇を開き、フルーツのかけらを口の中に受け入れた。味もわからないままにフルーツを噛む。

ラモンのまなざしがノリーンの唇から胸へと落ちた。白い木綿のガウンから傷跡がのぞいていた。心臓の鼓動が彼女の体を震わせている。鼓動は規則的で速かった。ノリーンの心臓の中で新しい弁が音をたてながら、開いたり閉じたりしているのがわかる。

「痛みは？」ラモンはきいた。「必要なら、痛みどめのカプセルがある」

「ただひりひりするだけ」

「ここが?」ラモンは長い指で傷跡の先端に触れ、ガウンの下へとその指をすべらせていった。ノリーンははっと息をのみ、ラモンの手首をつかんだ。

ラモンがほほえんだ。ノリーンが顔を赤くしたのを見て、満足したような笑みだった。彼は傷跡から手を離して、枕にもたれるノリーンの頭のわきに移した。そしてフォークを持ったもう一方の手で皿の上の食べ物を突き刺そうとした。

「無理よ……」

「できるさ」ノリーンが噛み、のみ下すのを見つめながら、ラモンは官能を刺激するようにゆっくり食べ物を運んだ。ラモンの視線にさらされ、ノリーンの動悸が激しくなった。やすやすと彼に反応する自分の体が憎らしかった。

ラモンはうれしくなった。少なくとも、ノリーンは彼に無関心ではなかったのだ。彼女に与えた苦痛を償うことができるかもしれない。理由まではわからないが、ラモンは彼女が自分に反応するのがうれしかった。それは彼のプライドをくすぐり、喜びで舞いあがりそうな気分だった。長いあいだ、これほど活力がみなぎることはなく、自分を男だと強く感じるのは久しぶりだった。

「お薬の時間です」ミス・プリムがほほえみながら部屋に戻ってきた。彼女はラモンに紙コップを渡した。「お医者さまがそばにいてくれて、いいですね」ノリーンをからかうと、彼女は部屋から出ていった。

ラモンは錠剤をノリーンの口に含ませると、フルーツジュースの入った紙コップを持たせた。彼の力強い腕が、薬がのみやすいように体をかかえ起こしている。ガウンがゆるみ、かわいい胸があらわになった。ノリーンは彼の目が自分の胸を見つめているのに気づいて、さっと顔を赤らめて座り直した。

ラモンはノリーンの瞳をのぞきこんだ。「僕は医者だよ」

ノリーンは目を伏せて、何も答えなかった。

彼女はラモンが小さなため息をもらしたのを聞いた。彼はやにわにベッドから腰を上げ、思いに沈んだ顔つきでその場に立ちつくした。

「食事をすませなさい」ラモンが低い声で言った。「あとでまた様子を見に来る。書斎で目を通さなければならない書類があるから」

ノリーンはうつむいたままうなずいた。心臓が激しく脈打っている。人工弁のせいではなかった。彼女はラモンに反応する自分がいやだった。そんな自分をラモンに見られるのもいやだった。

ラモンはノリーンの表情から怒りを読みとったが、何も言い返せなかった。手術を受ける前、ノリーンは彼に惹かれているように見えたのに、今は遠ざけることしか頭にないらしい。

ラモンの脳裏に、昔のノリーンの姿が浮かんでは消えた。あのころノリーンは彼を見て、目が合うと視線をそらした。いつも体の線を隠す服を着ていた。彼から逃げ出そうとしていた。

彼は当惑して、顔をしかめた。初めて会ったときからそうだった。もちろん、イサドラは美しかった。彼女がいると、ノリーンに注意が向くことはなかった。だが、今ならはっきりと事実が見える。結婚後、ノリーンは進んで従姉（いとこ）を訪ねてこようとはしなかった。病院でも、スケジュールが重ならないようにして彼を避けていた。

ラモンは落ち着かなくなった。過去を振り返るのは好きではない。気持ちを乱されるからだ。彼は本当のノリーンを見ようとしなかった。彼女につらくあたるのはなぜかと考えることもしなかった。何年も故意にノリーンの反感を買おうとしていた。

ラモンは記憶を封じこめると、ノリーンの寝室から出た。その後静かに書斎にこもっていた彼は、寝る前にふたたびノリーンの診察にやってきて、彼女とミス・プリムをびっくりさせた。ざっとノリーンを診たあと、回復していると言い、ミス・プリムに鎮痛剤のことを頼んでから自分の寝室に戻った――乱れた心とよそよそしい態度のままで。

土曜日にブラッドが花束を持ってノリーンの見舞いに来たとき、ラモンは激しいいらだちを覚えた。ラモンがブラッドを部屋に入れると、ミス・プリムがノリーンの寝室へと彼を案内した。

ノリーンは見るからに花束に心を動かされたらしく、目をみはっていた。ラモンはノリーンに一輪のたんぽぽさえ贈ったことがなかった。ブラッドから青白い頬にキスされ、ノリーンの口もとがほころんだとき、ラモンは自分のいたらなさに改めて気づかされた。

書斎に戻ったラモンは、きっちりドアを閉ざし、自分に言い聞かせた。ノリーンがだれと愛しあおうと僕とはなんの関係もない。ノリーンの体が僕に反応したのはただの偶然だ。残酷な運命のいたずらにすぎない。ノリーンは僕を好きではない。体は無防備かもしれないが、全力を振りしぼって、それにあらがっている。

そもそもノリーンに好意を持たれるはずがない。イサドラと結婚していたとき、彼は皮肉ばかり言っていた。イサドラの早すぎた死のあとは、悪意に満ちた憎しみをぶつけていた。これまでずっと、彼女を突き放してきたのだ。

ラモンは壁を飾るイサドラの肖像画を見つめた。青い瞳はうつろで、なんの感情も映していない。画家はイサドラの真の姿をとらえていた。美しいが、人間としての深みがない。

病院から呼び出しもなかったので、ラモンはグラスに酒をついだ。椅子に腰をおろすと、子猫が膝の上に飛びのって、大きな緑色の目で彼をうっとり見つめた。ラモンはぼんやりと子猫を撫でた。少なくとも、この子は僕を好きでいてくれる。

ミス・プリムがドアから顔をのぞかせ、ノリーンの寝室のほうをちらりと横目で見た。そこからは楽しそうな笑い声がもれてくる。「先生、コックさんに夕食を三十分遅らせてもらいますか？」

ラモンはため息をついた。「そのほうがいいね。あのふたりは話すことがたっぷりありそうだ」

「お疲れのようですね。何かお持ちしますか？」

ラモンはグラスを持ちあげてみせた。「これのほかには何もいらないよ。ありがとう」

ミス・プリムが寝室にもう一度目をくれた。「退院してきたばかりの方にお花なんか。肺によくありませんよ。ちょっとは考えてくれないと」

ミス・プリムは自分の部屋に戻っていった。ラモンはノリーンの寝室のほうに目をやった。奇妙だが、イサドラの恋人には、ノリーンの友達の半分も気持ちを乱されなかった。彼はふたたび椅子に深々と背中をあずけ、目を閉じた。


それから一時間がたち、ミス・プリムが眠っているラモンを優しく揺さぶって起こした。

「呼び出しかい？」ラモンはまばたきした。

「いいえ、先生。お食事ですよ。ミスター・ドナルドソンはお帰りになりました」

「そうか」

ミス・プリムは花束をかかえていた。「これをダイニングルームに置いてこようと思って」

「彼女は気にしないかい?」ラモンは感情を隠してきいた。

ミス・プリムは顔をしかめた。「ききませんでした」彼女は花束をかかえて出ていった。

ラモンはノリーンの寝室に行って、中をのぞいた。ノリーンはベッドにいなかった。バスルームのドアが開いて、ノリーンがゆっくり出てきた。

「君は助けを呼ぶこともできないのか?」ラモンは低い声でつぶやいて、ノリーンが答える間もなく、彼女を抱きあげてベッドのほうに運んだ。

ラモンはベッドのわきに立つと、腕にかかえたノリーンを見つめて顔をしかめた。

「君はおびえている。なぜだ?」

ノリーンが息をのむ。「おろして……」

ラモンはその不安そうな声を無視した。物思わしげな目でじっと彼女を見つめたまま考えていた。「ぶかぶかの服に、化粧もせず、僕から逃げ出そうとする。なぜなんだ?」

「あなたにそんなことをきく権利はないわ」

「いや、どうあっても答えてもらう」

「絶対に答えないわ」ノリーンはきっぱり言った。

ラモンはノリーンを抱いたまま、ベッドの端に腰をおろした。彼女を自分の肩に引き寄せ、空いたほうの手をガウンに包まれたノリーンの胸のすぐ下に押しあてた。

ノリーンが彼の手首をつかんだが、ラモンの手はびくともしなかった。逆にノリーンを観察するような目で見つめながら、手をじわじわと扇のように広げていった。

ラモンの人指し指が彼女の胸の先端に触れた。ノリーンはあえぎ、体を震わせた。彼の手首をつかむノリーンの手から力が抜け、うめき声がもれた。

「いとしい人(ケリーダ)」ラモンは無意識のうちに、ノリーンの肩からガウンを落とし、彼女のやわらかく温かい胸に、そっと唇を押しつけていた。

「ラモン」すすり泣き、両手で彼の黒髪をまさぐりながらも、ノリーンは自制心を必死で取り戻そうとしていた。だが、ラモンに触れられた瞬間、自制心はどこかに飛んでいってしまった。「ああ、神さま……やめて」

ノリーンはかすれた声で訴えた。しかし言葉とは裏腹に、体は弓なりにそって、彼の温かい唇にすり寄っていく。ラモンの唇が与える喜びにノリーンは戦慄(せんりつ)した。

ノリーンはラモンが自分の体を優しくベッドに横たえようとしているのを感じた。そのあいだも彼の唇は快感を送りつづける。ラモンは彼女の息づかいを唇で感じ、狂ったように心臓の打つ音を聞いた。ラモン自身も高ぶっていた。頭から足の先までうずくような痛みを感じた。

食器が木のテーブルにあたる音に、ラモンははっと顔を上げた。見おろすと、ノリーンのかわいい胸があった。ラモンの視線はうっすらと赤い傷跡をたどったあと、衝撃に大きく見開かれたノリーンの瞳をとらえた。

ノリーンがガウンを手で押さえた。しかしラモンの手はまだガウンの内側にある。彼はもう一度ノリーンの胸に目を落とした。つんとそった形のいい胸、クリームのようになめらかな肌に、なおも魅せられていた。

「テーブルに食事の用意ができていますよ、先生」ミス・プリムがひと部屋隔てたダイニングルームから声をかけた。

ラモンはまともに息ができなかった。彼の目が、ノリーンの揺るぎない冷たい瞳をとらえた。ラモンが彼女の本能的な反応を感じたときと同じ表情をたたえていた。

ラモンは飢えたまなざしをノリーンの素肌に投げてから、うめき声をもらしながら、どうにか彼女の体をシーツでおおった。立ちあがり、ベッドに背を向けて窓の外を見つめた。自分の肉体を切り裂く魔物のような欲望と闘っていた。こんなことはもう何年もなかった……。

「先生？」ミス・プリムの足音が近づいてきた。

「すぐに行く」ラモンはぶっきらぼうに答えた。

「ミス・ケンジントン、何かお持ちします？」

「いいえ、けっこうよ。ありがとう」ノリーンはなんとか落ち着いた声で答えた。

ノリーンは頭から足の先まで震えていた。ラモンを見ることさえできない。自分の無力さが恥ずかしかった。

ラモンがベッドのほうに戻ってきた。彼の欲望に光る瞳を見てノリーンは身を震わせた。

ノリーンはシーツを引き寄せ、ぎゅっと握りしめた。そのとたん、手術した胸に痛みが走り、それが顔に出てしまった。

ラモンは無言で痛みどめの薬が入ったびんを開けた。ノリーンのてのひらを上に向けさせると、カプセルを二個落としてからノリーンの手を持って彼女の口もとに運び、水の入ったグラスを支えてやった。

グラスをわきに置いた彼は、ベッドカバーをノリーンの腰まで引っぱりあげた。黒い瞳に荒れ狂う感情を残したまま、ノリーンの恥ずかしそうな目を見つめ、険しい顔で彼女の乱れた髪を撫でて、軽く額にキスした。

ノリーンは口を開こうとした。しかしラモンはしなやかな指で彼女の唇をふさぎ、何も言わせてくれなかった。

「人生には幾度か美しい瞬間がある」ラモンはささやいた。「言葉さえもその神聖さを汚す」

ノリーンははっと息をのんだ。ラモンのまなざしには、抵抗できない光があった。

「おやすみ」ラモンが優しく言った。

ノリーンは目をつぶった。目を閉じてもまだ、ラモンの顔がはっきりと浮かんでくる。経験したことのない欲望で体じゅうが高ぶっているのに、それをどうやって満たせばいいのかわからない。痛みとショックと疲れがゆっくり彼女の中で広がっていった。間もなくノリーンは深い眠りについた。

　ノリーンはかたくなに何も起こらなかったふりを続けていた。しかし、ラモンはすでに知るべきことを知ってしまっていた。かつてのノリーンの態度や服装は、カモフラージュだった。ノリーンは、どんなに彼に魅了されているか、どんなに簡単に彼に応(こた)えてしまうかを知られたくなかったのだ。ラモンが手を触れた瞬間、ノリーンの体は彼のものになる。今、ラモンはそれを知っている。ノリーンもまた、そのことを知っている。

　ラモンが彼女を見るまなざしには、自信に満ちた愛情が表れていた。まるでノリーンは自分のものだ、体の隅々まで知っているとでも言いたげな目で見た。厚かましくはなかったが、彼は事実ノリーンのすべてを知っていた。日がたつにつれ、ノリーンはだんだん落ち着きをなくしていった。ラモンが何か行動を起こすのではないかと不安がつのる。胸骨が痛むのも不愉快だった。痛みどめを飲まないと眠れなくなった。ミス・プリムがいるのがありがたい。看護だけでなく、ラモンとのあいだの盾になってくれたからだ。このところ、ラモンは優しいが、ノリーンは少しも彼を信頼していなかった。

　確かにラモンはイサドラの死について、ノリーンを誤解していた。彼がそれを後悔しているのは疑ってはいない。しかし、愛する妻を失ったラモンの嘆きは本物だった。やむをえない事情があったにせよ、ノリーンが従姉のそばを離れたことが、イサドラの死の決定的な原因となった。ノリーンが心臓の手術を受けたからといって、ラモンの怒りは消えはしない。今は嵐の前のなぎのようなもの。ノリーンが健康を取り戻したとたんに、ラモンは復讐心に燃えた夫に戻るだろう。彼に気持ちを許してはいけない。弱気は禁物だ。彼に惹かれていることを知られたら、ラモンはそれを利用して恨みを晴らそうとするに違いない。

そんな思いと恐怖感から、ノリーンはラモンがそばにいると、自分の殻に閉じこもり、露骨によそよそしい態度をとった。彼もそれは予測していたようだった。少なくとも、彼は二度とノリーンを出し抜こうとはしなかった。

一方、ラモンはくたくたに疲れるまで仕事をし、ノリーンを腕に抱いた記憶を忘れようとしていた。今のノリーンはあまりにも弱く、無防備だ。ラモンのアパートメントにいる客でもある。その立場を利用する権利はだれにもない。

ラモンは陰鬱な気分で考えた。問題は、ノリーンへの思いをあまりに強く、何年も抑えつけてきたことだった。おかげで今、こうして闘わなければならなくなっている。ノリーンが急に病気で倒れて、ラモンは初めて自分の思いに直面した。たとえ心の中だけでも、それを認めるのは難しかった。

イサドラとの結婚が失敗だったと気づくまで二カ月とかからなかった。しかしラモンは自らの名誉と誇りを傷つけまいと、本心を隠してきた。世間には笑顔をつくろいながら、まったく不つりあいな男女が冷えきった結婚生活を送っていた。ラモンはイサドラの美しさに目がくらみ、彼女の本性が見えなかった。ノリーンの場合とはまったく逆だった。

ラモンは疲れた顔でコーヒーを口に運んだ。手術と手術の合間に、カフェテリアで休憩するのは彼らしくなかった。イサドラの死後、ラモンはしょっちゅう妻をひとりにしておいたという悔いに押しつぶされそうだった。だから、ノリーンを責めるのは好都合だったのだ。自分自身の罪悪感から、ラモンはノリーンをさらに非難した。ノリーンはイサドラの死に高い代償を払った。今になってみると、病気の女性になんと心ない仕打ちをしたことか。ノリーンはあの夜、死んでいたかもしれないのだ。

ケンジントン夫妻も同じ罪悪感に悩まされているようだった。というのも、彼がオフィスにいないときにハル・ケンジントンから電話があったからだ。彼らもまたラモンと同様にやり直したいと望んでいた。だが、ノリーンは明らかにそう思っていない。

ラモンはコーヒーを飲み終えて、ぐっとのびをした。ノリーンはブラッドのことをどう思っているのだろう。彼はあの若者が気に食わなかった。しかし、それを嫉妬(しっと)だと認める気にはなれなかった。

長々とため息をついて腕時計に目をやった。仕事に戻る時間だ。気持ちを集中できることがあるのはありがたかった。

ラモンが病院での勤務を終えて、自分のオフィスに戻ると、驚いたことにケンジントン夫妻が待っていた。しかも、彼らはあらかじめ連絡を入れていた。

むだな飾りはないが豪華なオフィスに腰を落ち着けたあと、ハル・ケンジントンが口を開いた。

「あの子に何がしてやれるか知りたくてね」

「そうなのよ」メアリーも口を添えた。「何かあるはずだわ。病院の費用とか診察代なんか――」

「あの子は私たちと口をきこうともしない」ハルが妻の言葉をさえぎった。「それを責めるつもりはない。ただ助けてやりたいだけなんだよ」

「僕もです」ラモンは険しい表情で答えた。「僕たちはあまりにも簡単にノリーンに罪を押しつけてしまった。彼女の気持ちを思いやってやらなかった。家族のひとりとして葬儀に出ることも――悲しむことさえも許さなかったんです」

メアリーは涙をこらえようと下唇を噛んだ。その涙は本心からのものだった。メアリーは娘を愛するあまり、姪(めい)を冷たく排除した。ノリーンの健康状態を見過ごしてきたのが恥ずかしかった。「心臓が悪かったなんて知らなかったわ」彼女はつぶやいた。

「気にもかけなかった」ハルは顔を両手に埋めて、ため息をついた。「私たちが見舞いに行ったのは、世間体からだと言われた。違うんだ。あんなことになって、かわいそうに思った。あの子に会いたかった。私たちの気持ちをあの子に話してくれないか？　必要なら、金銭的な援助くらいはしてやれる」

ラモンはつかの間、ふたりを見つめた。「何日か考えさせてください。なんとか方法を探してみましょう。僕たちみんなのために、ひとつでも見つかるといいんですが」

8

ノリーンに近づく方法を考えるのは簡単でも、それを実行に移すとなるとそう簡単にはいかなかった。ラモンがキスをした日から、ノリーンは厚い殻に閉じこもっていた。ミス・プリムもラモンに対するノリーンの態度が急に変わったことに気づき、ある夜、彼にこう言った。

「あの若さですから、もっと元気になっていいはずですよ。なんだかすごく不安そうで……とくに先生がそばにいらっしゃるとそれが激しくなるんです」

ラモンはワイン色の革張りの安楽椅子に深々と体を沈めた。一日じゅう手術に追われ、疲れ果てていた。

「僕も気づいていたよ」ラモンは静かに答え、手ぶりでミス・プリムを自分と向かいあわせの黒革のソファに座らせた。「ノリーンと僕がもう何年も仲たがいしていたのは知っているだろう?」

ミス・プリムは腕を組んだ。「聞いています」

「僕が悪かったんだ。彼女のせいで妻が死んだと思いこんでいた。今は僕も彼女の伯父夫婦も、間違いに気づいている。ノリーンが僕たちを遠ざけたい気持ちはわかる。しかし、僕たちは仲直りがしたいんだよ」

「ああいう大きな手術のあとは、患者さんは混乱するものですからね。気長に待つことですよ」

「それが僕には難しいようなんだ」ラモンはほほえんだ。「ともかく、やってみるよ」

ミス・プリムは立ちあがった。「それはそうと、ミスター・ドナルドソンにはお花を持ってこないように言っておきました」

「あのあとも見舞いに来たのか?」

ミス・プリムは居心地の悪そうな表情になった。「一日おきにいらっしゃるんです。先生もご存じだとばかり」

ラモンはミス・プリムを下がらせてから、ひとり物思いにふけった。疲労の濃い顔に瞳だけが黒い鋼のように冷たく光っている。ブラッドがたびたび訪れていることを知って、彼は腹が立った。次にブラッドが来るときには家にいよう。そして見舞いは困るとはっきり言ってやるのだ。

彼は自分が筋の通らないことを考えているとは思ってもみなかった。次の金曜日、自分で玄関のドアを開け、ノリーンは頻繁な見舞いに耐えられる状態ではないとブラッドに告げるまでは。

「なぜなんです?」ブラッドがきいた。

ラモンは言葉を失い、無言でブラッドを見返した。見舞いに反対するまともな理由は見つからなかった。

「僕はノリーンを疲れさせないよう気をつけています。どんなに弱っているかわかっていますから」

そうだ、ノリーンは弱っている、とラモンは思った。壊れそうだと言ってもいい。ノリーンは昔から壊れそうだった。しかし彼女の独立心と精神力のせいで、ラモンにはそれが見えなかっただけだ。

ラモンはぐったりと戸口に寄りかかった。「もっと早く回復すると思っていたんだ。鎮痛剤をのませているのに、夜も眠っていないようだし、いらいらして落ち着きがない」

ブラッドはぐっと顎を上げた。「ここにいるからじゃないんですか。いくら隠しても、敵意があっては、回復する助けにはなりませんよ。ノリーンに気の休まる時間はないでしょう」

それは強烈な一撃だった。しかしラモンは感情を爆発させずに、それを受けるだけの品性を持っていた。あまりにも長いあいだノリーンに敵意を抱いていたので、まわりの人々にも感づかれていたのだ。ノリーンをアパートメントに連れてくれれば、すぐに打ち解けてくれると彼は思っていた。実際、彼女が打ち解けてくれないので、いらだってもいた。あんなに多くを期待したなんて、頭がどうかしていたに違いない。ノリーンは彼の腕の中で熱くなった。だが、それも彼女がおびえる原因となったのではないだろうか。ノリーンの無防備さにつけこむ卑劣な行為だった。もうあんなことをする気はないが、彼女はそのことを知らない。ラモンこそノリーンの回復の大きな妨げになっていたのだ。他人に指摘されるまで、それに気づかなかった。

ラモンはブラッドを部屋に通した。「彼女と話すといい」意外な言葉が口からこぼれた。「自分のアパートメントに帰りたいかどうかきいてくれ。ミス・プリムを一緒に行かせるから」

「親切なんですね、先生」ブラッドは驚きを隠せない表情で言った。

ラモンは眉を上げて尋ねた。「驚いたか？」

「あなたがノリーンを嫌っていることは、みんな知っていますから」

ラモンは自分の書斎に戻って静かにドアを閉めた。気が散って仕事など手につかなかった。

「また、ふさぎこんでいるのかい？」ブラッドが寝室のドアから顔をのぞかせて、ノリーンをからかった。音をたてずにドアを閉めると、ベッドにいるノリーンのそばに腰かけた。

「ドクター・コルテロが、君が望むならアパートメントに帰っていいってさ。一緒にミス・プリムを行かせるって」

ノリーンはふうっと息をついた。心からほっとしていた。ラモンのそばにいるのは拷問を受けているようなものだからだ。「いつ？」

「たぶん、すぐにでもいいと思うよ」ブラッドはノリーンの髪を優しく撫でた。「ここにいたくないいんだろう？」

ノリーンはうなずいて視線を落とした。「すごくよくしてもらっているのよ。でも自分のアパートメントに戻りたいわ。ラモンは顔に出さないようにしているけれど、私が邪魔なのよ。だって私がここにいると……人をよぶこともできないもの」

「人って？」

ノリーンは肩をすくめた。「女の人」

「そこがおもしろいんだけど、名うての情報通も、浮いた噂ひとつかぎつけられないいんだ。まだ奥さんを忘れられないのかな」

「でしょうね」ノリーンは胸が痛くなった。「夢中だったもの。埋葬するときも、柩から引き離さなければならなかったそうよ」

「奥さんをすごく愛していたんだね」

「自分の命よりも。だから、私を憎んでいるの」ノリーンの瞳に苦悩がにじんだ。「イサドラはきれいだったわ——私だって、彼女には逆らえなかった」

「美しさなんて表面的なものさ」ブラッドはあっさり言うと、ノリーンの手を軽くたたいた。「そう言えば、君もデートしないね。僕と同じで、かなわぬ恋に胸を焦がしているのかな?」

ノリーンは答えたくなかった。ラモンが私を帰そうとしているのは、うんざりしたからだろう。苦しんでもいるのだろう。私がいると、いやでもイサドラのことを思い出してしまう。ノリーンはあのキスのことは考えまいとした。ラモンはずっと寂しい思いをしてきた。どんな女性でも、彼は同じようなことをしただろう。

「ラモンにきいてみて」ノリーンはようやく口を開いた。「いつ、帰れるかって」


ブラッドがノリーンの言葉を伝えたとき、ラモンはわずかな感情も顔に出さなかった。

「すぐに手配をする」ラモンはブラッドをドアまで送りながら言った。「彼女には僕から話しておこう。早ければ早いほどいいだろう」

ブラッドはうなずいた。「慣れた自分の部屋のほうが、ずっと回復も早くなると思いますよ」

「そうだろうな」ラモンはブラッドを送り出してドアを閉めた。少したゆらってから、ノリーンの寝室に入っていった。ノリーンは枕(まくら)を背に、まっすぐ上体を起こして、両手を膝のあたりで固く組んでいた。ミス・プリムは昼食を兼ねて週末の買い物をするとかで、数時間休みを取っていた。

「明日の朝にでも帰っていいよ」ラモンは前置きなしに言った。「ミス・プリムが戻ってきたら、その話をする。そうだ、それともうひとつ」彼はノリーンの足もとのほうで体を丸めている子猫のほうに顎をしゃくった。「モスキートは連れていけないよ」

「わかっているわ」ノリーンは悲しげに言った。アパートメントの大家夫妻は親切心から、病気の彼女を助けようと足しげく部屋に出入りすることになるだろう。子猫を隠しておくのは無理だ。

「僕がちゃんと面倒をみるよ」ラモンが言った。

ノリーンはうなずいた。

ラモンはいらだたしげに舌打ちした。「なぜ、そんなにあの寂しい部屋に帰りたいんだ?」

ノリーンはやつれた顔を上げ、まともに彼を見つめた。「あそこは私の部屋だから。あそこだけが私の持っているすべてだからよ」

その言葉はラモンの胸に響いた。「どういう意味なんだ?」

「私はひとりで住んでいるということ。ひとり暮らしが好きなの。人がそばにいると落ち着けないの」

「僕がそばにいると、だろう?」

ノリーンは歯を食いしばった。「そうよ」

ラモンはベッドのそばに近づいた。黒い瞳が探るようにノリーンの顔を見つめている。

「僕が落ち着かなくさせるのか?」

ノリーンは目をそらした。気持ちの高ぶりそのままに、心臓が狂ったように脈打っている。

「答えろよ」ラモンは鋭く問いつめた。

ノリーンは両手をきつく握りあわせた。まるで、その手に命がかかっているとでもいうように。

ラモンはノリーンに手を触れないように、両手をポケットに突っこんだ。ノリーンがラモンの感情を強くかきたてるのはいつものことだが、今日に限って自分の感情を隠すのが難しい。

「あなたには本当に感謝しているの。命を救ってくれたんですもの。でも、私のためにプライバシーまで犠牲にする必要はないわ」

「僕の――君の言葉を使うと――プライバシーはすごく寂しいものだ」ラモンの口から意外な言葉がもれた。ノリーンは思わず顔を上げて、彼の端整な顔を見つめた。「僕は家に人を招待したりしない。君はそのことを知っていると思っていた」

「でも、あなたはいつも人を……」

「パーティを開いていたのはイサドラだ。人と音楽に囲まれていないと生きていけなかった。僕はだんだんオフィスで時間を過ごすようになった。家では論文の準備や、医学誌を読むことができなかったからね。イサドラは僕の仕事を憎み、医者をやめさせたかったんだよ。知っていたかい？」

ノリーンは首を振った。「そうなっていたら、残念だったでしょうね。あなたは最高の心臓外科医ですもの。あなたがどれだけ多くの人命を救ってきたか、イサドラは知らなかったの？」

「気にもしていなかった」ラモンはあっさりと言った。「イサドラが関心を持っていたのは自分だけだった。甘やかされて育った子供はみんなそうだ。思いやりに欠けた、自分の欲望にしか関心のない大人になる。そういう人間が自己犠牲の心もないまま結婚して家族を持つと、最後にはばらばらに壊れてしまう。ちょうどイサドラがそうだったようにね」

「いつも幸せそうに見えたわ。あなたもよ」

「人は自分の失敗を認めまいとして、表向きの顔を装うものだ」ラモンは思いをめぐらせながら言った。「あの表向きの顔の裏には、イサドラの嫉妬と不満があった。彼女は孤独をまぎらすために、酒とパーティに頼るようになった」

ラモンがこんなふうに話すのは初めてだった。ノリーンは呆然とラモンを見つめ、話をさえぎることもできなかった。

「イサドラは愛するだけでは満足しなかった。所有しなければ気がすまなかったんだ。しかし彼女の心は冷たかった。薄っぺらな愛情以外に与えるものを持っていなかった」彼はノリーンを見つめて、ため息をついた。「ベッドではもっと冷たかった。こんな冷たい人間には会ったことがないと思ったくらいだ。イサドラは早くすませることしか頭になかった。避妊にも異常なほど気をつけていた」

「でも、イサドラはあなたが子供を望んでいないって言ったわ」ノリーンは思わず口をすべらせた。

「僕はもちろん子供が欲しかったさ」

ノリーンは直感的に彼の言うことを信じた。ラモンの情熱的な性格には、どこか子供を愛し、大切に思う気持ちと結びつくものがあった。

「僕は女性の情熱にずっと飢えていたんだ」ラモンは優しく言った。「だから、君に対して抑えがきかなかった。女性が僕にしがみつき、僕の口づけを求めるのが新鮮で、自制できなかった。あんなことは初めてだったからね。イサドラが欲しかったのは、僕の金と名声で、僕のことは求めていなかった」

「イサドラはあなたに夢中だったわ」

「僕の金にだよ」ラモンは皮肉っぽく笑った。「イサドラに恋人がいたのは話したね。結婚する前からなんだ。結婚後も別れようとしなかった。僕とパリに行きたがったのも、その恋人が理由だ。連れていかなければ仕返しすると脅した」ラモンの目は苦渋を色濃くにじませていた。「イサドラは仕返しした。もっとも愚かなやり方で。彼女は僕に罪悪感を背負わせて死んだんだ」

「あなたは私を責めたわ」

「僕は自分を責めたんだ」ラモンは怒ったように言った。「今でも責めているよ。君を責めたのは、そうでもしないと罪悪感に押しつぶされそうだったからだ。君のように優しい人に、彼女を見殺しにできたはずがない。それなのに僕は君にひどい言葉を投げつけてきた。自分を呪いたくなる」ラモンは荒々しく息をついた。「君はイサドラの本性を見せてくれた。いや、もっと始末が悪い。君は彼女に欠けていたものを見せてくれたんだ」

「わからないわ」

「わかるはずがない」ラモンは険しい顔で言った。「君に僕の本心を知られるわけにはいかなかった。君と僕が近づくのは危険だった」

ノリーンの瞳は困惑を映し出していた。

「わからないのか？」ラモンはおもしろがっているような顔つきできいた。

「ええ、わからないわ」

ラモンはゆっくりとベッドに歩み寄って、ノリーンのそばに腰かけた。手をノリーンの唇にのばし、そっと彼女の唇をなぞった。ラモンの目はひたすらノリーンの目に向けられている。ノリーンの動悸が激しくなった。

「これでわかったかい？」聞きとれないほどのささやきだ。「ほら、感じてごらん」ラモンはノリーンの手を自分の胸もとに引き寄せ、てのひらを自分の心臓に押しあてた。彼の心臓もノリーンの心臓と同じように激しく高鳴っていた。

最愛の人の顔を見あげたとき、ノリーンはそこに欲望しか見いだせなかった。ラモンは私を欲しがっているかもしれないが、愛からではない。本能が肉体に作用しているだけだ。

ノリーンはそっとため息をついて、手をラモンの胸から離した。「わかったわ」

「いや、わかっていない」ラモンは険しい顔で言った。「君はそれをはっきり見るのが怖いんだ。君は僕に惹かれている。しかし、それを望んでいない。僕は憎まれるようなことばかりしてきたからね」

おかしかったが、ノリーンは笑わなかった。ラモンは私が彼のことをどう思っているか、まったくわかっていない。私が欲望だけを感じていると思っている。ラモンに真実を知られたくなくて、ノリーンは目を伏せた。そして、自分を守るように枕に背中をあずけた。

ラモンは彼女が怖がっているのだと誤解して、立ちあがった。「大丈夫」静かな声で言う。「無理やり口説いたりしない。みんな、君の回復が遅れているのは僕のせいだと思っている。帰りたいのなら、送るよ。必要なものがあったら、なんでも用意させる。ただし、くどいようだがモスキートはだめだぞ」ラモンはちらっと笑みを見せた。彼の視線の先には、小さくのびをし、ころんと体をころがして、おなかを見せる子猫がいた。

　ノリーンは彼が子猫に向けるまなざしに気がついた。ラモンが持てなかった子供や飼えなかった動物のことを思うと、胸が痛む。

　ラモンは目を上げて、ノリーンが瞳に宿している感情をとらえた。驚くと同時に喜びがわいてきた。「僕をかわいそうだと思ってくれるのかい、いとしい人(ケリーダ)」

「ええ、ちょっとだけ(キサス・ウン・ポコ)」ノリーンもスペイン語でつぶやいた。

　ラモンはベッドに近寄った。「君の発音は完璧(かんぺき)だね。聞くほうも話すのと同じくらいできる？」

「話す人によってだわ。キューバの人の発音がいちばんよくわかるの。スペイン語の教授がハバナの出身だったから」

「すると、君は僕のスペイン語がよくわかるわけだ」ラモンは真顔で言った。「もし、ひとりで暮らせるようになるまで、君がここにとどまるなら、夜、バローハを読んであげよう」

　ノリーンはベッドカバーを握りしめた。「イサドラは、あなたにバローハの『逆説王』を贈ったでしょう」

「あの本は君が選んだんだ」ラモンはそう答え、ノリーンをびっくりさせた。「イサドラはスペイン語をひとことも話せなかった」

「バローハは私の大好きな作家なの。キリスト教にそむいた人だけど、苦しみや貧しさにとても理解があって、人間のことを知りつくしていたわ」

「当然だよ。小説家になる前は医者だったんだから。劇作家のソリーリャは好き?」

ノリーンの口もとがほころんだ。「『ドンファン・テノーリオ』を書いた人ね」

「まさにぴったりの作品を思い出すんだな」ラモンは笑みをもらした。「ティルソ・デ・モリーナの書いたドンファンは地獄に落ちる。しかしソリーリャのドンファンは、すばらしい女性の愛で地獄から救われる」

「ええ、すてきな話だわ」ノリーンは長いため息とともに肩を動かした。その拍子にかすかな不快感を覚え、眉をひそめて傷跡に触れた。

「よくなったら、傷跡はたいして残らないよ。腕には自信があるんだ」

ノリーンはほほえんだ。「みごとな腕だわ。それに、すごく親切にしてくれた」

「僕の親切は罪悪感からだと言うのかい?」

「そう思わなくはなかったわ」

「少なくとも今は違うよ」穏やかな表情でノリーンを見つめた。「僕は君の面倒がみたいんだ。変だろう? 僕は家に人をよんだことはない。まして人の面倒なんてみたこともない」ラモンは苦笑した。「僕は君が……ここにいることに……慣れてきたんだ」真剣な口調になった。「君は自分のアパートメントが嫌いになるよ。ミス・プリムが一緒でもね」

「あなたが一緒じゃないから耐えられないと言うの？」ノリーンはむっとしてきいた。

「そうかもしれないよ、ノリーン。君はどれほど僕との生活に慣れてきたか、自分で気づいていないんだ。君はここにしっくりおさまっている」

ノリーンの心臓がふたたび早鐘を打ちはじめた。とらわれの身になったように感じる。とはいえ、ラモンは一歩も近づこうとはしていない。

「ここにいろよ」ラモンはぞんざいに言った。

ノリーンは口ごもった。「私、あなたの邪魔をしているわ。ブラッドがここに来るのもおもしろくないはずよ……」

「君の友人なら我慢できる。君は僕の邪魔なんかしていない」

その言葉にノリーンの心は揺れた。ここにいたくはないが、去りたくもなかった。ラモンのそばにいるのは危険だ。まだ彼に本心を知られていないが、そばにいたら知られてしまう。その一方で、心臓のことが不安だった。身近に医師のラモンがいてくれるのは心強い。それにモスキートのこともある。子猫と離れるのは寂しい。毎日コックが作ってくれる極上の食事、広々とした部屋……。

納得しようとしている自分にノリーンはいらだった。そして誘惑するラモンをにらみつけた。

るよ」

ラモンはほほえみを返しただけだった。「ここにいるんだ。毎晩、僕が本を読んであげ

「バローハを?」ノリーンは低い声できいた。

「君の好きなものをなんでも」ラモンがかすれた声で言った。

ノリーンは、その深みのあるベルベットのような声がランプをともした部屋でスペイン語の詩を朗読するのを想像して、顔を赤らめた。

「セクシーなものは読まないから」ラモンはからかった。「君の心臓が暴走するのは困るからね」

ノリーンはすでに誘惑に屈していた。「本当にあなたの邪魔でないのなら……」

子猫があくびをしながら、ノリーンの肩まで這(は)いあがり、首に体を押しつけて体を丸めた。モスキートがもぞもぞ動いたので、ノリーンのシニヨンにまとめた髪が乱れた。

「明日にでもミス・プリムに髪を洗ってもらうといい」ラモンが目を細めて、じっと彼女を見つめた。「髪をおろしたことは?」

「あまりないわ。仕事のときは邪魔だし、寝るときも目や口にかかるでしょう。切ろうかとも思ったんだけど、長い髪が好きだから」

「僕もだ」つかの間ノリーンを見つめながら、ラモンは想像をめぐらせた。両手からこぼれるたっぷりと豊かな髪、自分の裸の胸にかかる髪……。

彼は急にノリーンに背中を向けて、息を吸った。

「ミス・プリムに荷作りを頼む必要はないな」

ノリーンにはラモンにききたいこと、言いたいことがいっぱいあった。しかし、何も頭に浮かんでこない。いつの間にか、ラモンとの生活が自分の一部になっていた。本心では、ここから出ていきたくなかった。理由はわからないけれど、ラモンも同じらしい。これが正しい判断だったかどうかは時間が決めてくれるだろう。

「もうひとつあった」開いたドアの手前で、ラモンが言った。

「何？」

「君の伯父さんと伯母さんが見舞いに来たがっている」ラモンはノリーンの顔がこわばったのに気づいた。「君の気持ちはわかる。しかし伯父さんたちも後悔しているんだ。君と仲直りしたがっている」

ノリーンは途方に暮れてラモンを見つめた。愛も優しさもなく過ごした長い月日がよみがえる。大きく見開いた瞳が、彼女の心の傷を映し出していた。

ラモンが引き返して、ベッドに腰をおろした。大きく温かい手が、ノリーンの両手を握りしめた。「確かに許すのはたやすいことじゃない、ノリーン。しかし許すことがなければ、戦争は永遠になくならない。僕たちは過去に生きるのはやめて、新しいスタートを切るべきだ」彼はノリーンの悲しそうな瞳をのぞきこんだ。「それには、まず僕たちから

――君と僕から始めよう。僕を許してくれるかい？」

「もちろんよ」ノリーンは目を伏せたまま言った。「本心からあなたを責めたことはないの。あなたがあんなふうに感じるのも無理はないわ」

「僕がどんなふうに感じていたか、君にわかるはずがない」ラモンが静かに言った。

ノリーンは目を上げて、ラモンの優しい黒い瞳を探った。「みんなにわかっていたわ。あなたは私を憎んでいた」

ラモンは首を横に振った。「憎もうとはしたよ。うまくいかなかったけどね。〝悲しみは、あとでやってくる幸せの住みかにするために、人間の心に深いくぼみをうがつ〟ということわざを聞いたことはないか？　君の場合にも、それがあてはまると思う。君が幸せになれば、僕もうれしい。君の伯父さんや伯母さんにとっても同じだ。だから、僕たちを拒まないでほしい」

ラモンの言葉は力強く説得力があった。ノリーンは目を閉じた。「いいわ。伯父さんたちが望んでいるなら、そうしてみる」

ラモンはノリーンの手を自分の口もとまで持ちあげて、てのひらに優しくキスをした。

ノリーンの顔が真っ赤になった。

ラモンは笑いながらノリーンの手を放した。「今夜は回診があるんだ。だけど、君さえよければ、明日の夜から本を読んであげるよ」

想像しただけで、心臓が飛びあがった。ノリーンはにっこり彼に笑いかけた。「楽しみにしているわ」

ラモンは腰を上げて、優しい目でノリーンを見つめた。「僕もだ。あとでまた、様子を見に来る」

ノリーンは彼が部屋を出ていくのを見つめた。人生が百八十度変わってしまったように感じられる。ただひとつ気になるのは、ラモンの目的だ。ラモンは彼女に好意を抱き、すまなかったとも思っているようだけれど、彼の瞳にはそれ以外の感情も見てとれる。それに、驚くほど優しい思いやりも示してくれる。結婚して間もないころでさえも、彼がイサドラに対してあんな思いやりを示したことはなかった。すべてがノリーンには解けない謎だった。ラモンが紡いだ繭の中にいると、うっとりと甘い気分になって、そこから出るのは難しい。

その夜、ラモンはベッドに入る前にやってきた。ノリーンの寝室の戸口に立ち、黙って彼女を見つめていた。

「体がよくなったら、また仕事に戻るのかい?」いきなりラモンがきいた。

「もちろんそのつもりよ」ノリーンはなぜ彼がそんなことをきくのか知りたかった。「私は仕事が好きよ」

「それはわかっている。ただ、ほかにしなければならないことができたら……?」

「どういうこと？」

ラモンは深々と息をついた。「いや、君はそうはしないだろうな。いいんだ、忘れてくれ。こんな話はまだ早すぎる」ラモンは優しく笑いかけた。「ぐっすりおやすみ」

「あなたも。ちゃんと眠ったことがないように見えるわ」ノリーンは深い意味もなく、そう言った。

ラモンはノリーンの温かい心づかいに、ほほえみを返した。「仕事だけが僕の救いだったから……長く孤独な生活のね」

「この国に来てすぐは、ずいぶん生活も苦しかったんでしょう？」

ラモンはうなずいた。「すごく大変だった。貧しさと苦労なら、君にも経験があるだろう？」

「ええ、両親は貧しかったから。いつだってお金が足りなかったわ」

「いくらあっても満足しない人間もいる」ラモンは苦々しげに言った。「イサドラみたいにね。彼女は貧しい人を嫌っていた」ラモンは温かいまなざしをノリーンに向けた。「貧しい人のための炊き出し所で、君と一緒になったことがあったね。みな腹をすかせて、寒さに震え、おびえていた。あの人たちを気にかける人間は本当に少ない」

「わかっているわ」ノリーンはラモンの憔悴した顔をじっと見つめた。「あなたがしていることも知っているわ。お金がなくて手術代を払えない人や保険に入っていない人を治療しているでしょう」

「僕の腕は神から授かった贈り物だ。すべての贈り物は代償をともなう。恵まれない人と贈り物を分けあうこともそのひとつだろう？　僕は神から授けられた才能を以前より感謝しているんだ。君は死んでいたかもしれないんだから」

「まだ死期がきていなかったのね」

「集中治療室で君の顔を見たとき、僕がどう感じたか、君にはわからないだろうな。残酷な仕打ちをしたことが一気によみがえってきた。苦しかった」ラモンはドアにぐったり寄りかかった。「イサドラの葬儀のときにも君を傷つけた。君がいつか、僕を心から許してくれるのを願っている。僕は自分自身の罪悪感にむしばまれていたんだ。イサドラは仕返しをすると言った。だが、彼女は僕が出発したときは、そんなに悪い状態ではなかった」

ノリーンはゆっくり息を吸った。「ええ、たいして悪くなかったわ。でも、イサドラはネグリジェ一枚で冷たい雨の中に何時間も座っていたの。わざとそうしたのね。それで悪化したの。メイドは家に帰らなければならなかったけれど、私は気分が悪くなっていた。あのときすぐに電話で助けを求めるべきだったのに」

ラモンはじっと息をつめていた。「なぜ、僕に話してくれなかった？」

「聞こうとしなかったでしょう？」ノリーンはあっさり言った。「イサドラは気管支炎を甘く見ていたのね。停電になって、私は助けを求めようと闇(やみ)の中で階段を探したわ。最後に覚えているのは、バランスを崩して……」

ラモンは目を閉じた。「僕は自分が恥ずかしいよ、ノリーン」ラモンはドアから離れて去っていった。ノリーンとまともに顔を合わせることさえできない気分だった。

「ごめんなさい」その声はラモンの耳には届かなかった。枕にもたれながら、彼女は考えた。たぶんラモンにとっては、真実を知ってよかったのかもしれない。

9

次の日の午後、ノリーンはミス・プリムに助けられてシャワーを浴びた。バスタブに入る許可はまだ出ていない。四つある切開箇所のうち、一箇所は大腿部で、ここから心機能を検査するためのカテーテルが挿入された。二箇所の胸腔の切開部分は、膿などを排出するドレーン管の挿入に使われた。胸の中心にあるのは心臓の外科手術跡だ。

ノリーンは滅菌石鹸で、傷口を洗った。バスタブに入るのは禁じられているが、それが古代ローマ時代を思わせるジェットバスであることは知っていた。とはいえ、やっと自分の足で立ってシャワーを浴びられるようになったばかりなのだ。髪を洗うときも、ミス・プリムが手伝ってくれている。

その日はラモンがいつもより早い時間に帰宅した。ノリーンは美しい刺繍を施した白のガウンを着て、ベッドにいた。ミス・プリムがドライヤーでノリーンの髪を乾かしていた。たっぷりした金色の長い髪を乾かすには時間がかかりそうだ。

「僕がしよう」ラモンはミス・プリムに言って、ドライヤーを取りあげた。「コックに何か中南米の料理を作ってほしいと言ってくれないかな。僕はファヒータかタマーレを食べたい気分なんだ」

「いいですね」とミス・プリムが笑いながら言った。ノリーンもうなずいて賛成した。

「どんな材料があるかきいてきましょう」彼女は部屋から出ていった。

ノリーンはラモンのやつれた顔を探るように見た。「大丈夫?」ゆうべ真実を打ち明けたことで、一日じゅう彼のことが気にかかっていた。

「大丈夫だよ。すべてをもっと早く知っていればよかったと思う。君が僕たちに厳しかったのも無理はない」

「でも、あなたが言ったように、過去に生きることはできないわ。イサドラはもう戻ってこないんですもの」

「わかっている。イサドラとは最初から合わなかったんだ。しかし男は欲望に目がくらむものだ」ラモンはノリーンの目をのぞきこんだ。「君は目立たないようにしていた」

「わざとだったの。目立ったりすると、あとでイサドラに意地悪されたから」ノリーンはそっけなく笑った。「私に目をとめた人がいたわけではないのよ。あなたなんか、私を嫌っていたくらいだし」

ラモンは笑わなかった。「それは違う」彼は目を細めた。「君は気づいていないいんだね。イサドラは見抜いていたよ。僕が君に取り憑かれていると言って責めた」

ノリーンは息をのんだ。「なんですって？」

ラモンは声をあげて笑った。「気づかなかった？　僕は君を近づけまいとして、わざと侮辱したんだ。僕は凶暴なまでに激しい感情を抱いていた。今もそうだ」

「今でも私を嫌っているということ？」

「困った人だ」ラモンは深い息をついて、かぶりを振った。ノリーンのそばに腰をおろし、ドライヤーのスイッチを入れた。片手はノリーンの髪を広げ、もう一方の手はドライヤーで温風を送りこむ。

ラモンはジャケットを脱いでいた。ネクタイをはずして、真っ白なシャツのいちばん上のボタンもはずしている。コロンと石鹸の香りがした。間近に迫る面長の顔、なめらかな浅黒い肌。唇で感じてみたくなる。そして漆黒の髪と瞳、濃いまつげ……。

ラモンはノリーンの視線を感じて、わずかに顔を彼女のほうに向けた。黒い瞳にまじまじと見つめられた瞬間、ノリーンの体に電流が走り、息づかいが荒くなった。

つけたままのドライヤーに気づいて、ラモンはスイッチを切り、わきに置いた。ラモンの呼吸も乱れていた。彼はしなやかな手で長くたっぷりしたノリーンの髪をすくい、そっと唇を押しあてた。目を閉じ、静かに髪の感触を味わう。

「君の髪を夢見たものだ」ラモンのささやきが静かな空気に溶けていく。「君がいつも髪をまとめていてくれて助かった。そうでなければ僕は誘惑に負けていただろう。よく想像したよ、君の豊かな髪をこの手で包み、口づけをしたらどんな感じかと……」

ノリーンが息をのむと、ラモンが頭を上げた。ゆっくり髪を放し、彼女の瞳を探る。

「僕が君への欲望に身を焦がしていたことに気づいていなかったんだね？」

「まさか」ノリーンは震えた。「そんなこと……思いもしなかったわ」

ラモンは深々と息を吸いこんだ。「むろん、君に打ち明けるわけにはいかなかった。いつも君を侮辱していたのも、それが理由だった」ノリーンの瞳にショックを読みとって、口もとをゆがめた。「いずれにしても、僕はこの六年間、君の人生を苦しいものにしてしまったね」

ノリーンは好奇心もあらわに彼を見つめた。うっとりしたようなまなざしだった。「その償いのために私をここにいさせてくれるの？」

ラモンは少しだけ肩をすくめた。「たぶん最初は。しかし今は、それほど単純ではない」彼の視線がノリーンのほっそりした体をさまよい、ふたたびやつれた顔に戻った。「僕は長いあいだ影の世界に生きてきて、太陽を顔に受けることがどんなものかすっかり忘れていた。突然、家に帰ってくるのが楽しくなってきたんだ」

「あなたの患者のところにね」ノリーンは神経質な笑い声をあげた。

「患者じゃない。君は宝物だ。鍵(かぎ)をかけた場所に閉じこめて、だれにも見せたくない」

ノリーンは顔を上げた。ラモンはからかっているわけではなかった。彼の瞳は何かに憑かれたような暗い色をしている。ノリーンは不安になった。まだラモンを完全に信じられなかった。

ラモンは彼女の不信感を察してほほえんだ。「わかった。もっと行儀よくする。しかし元気になったあとは、覚悟してくれよ」穏やかに脅した。「そう簡単に君をあきらめないからな」

ノリーンは不思議そうに眉をひそめた。だが、ラモンはすでにベッドから離れていた。

「伯父さんたちに会ってもいい?」ラモンがきいた。

ノリーンは顔をしかめた。「たぶん」

「あの人たちはすごく変わったよ」ラモンは濃い金色の長い髪に縁取られたノリーンの顔を見つめている。「まるで絵のようだ」かすれたつぶやきがもれた。「僕はいつも自分に言い聞かせなければいけないんだ。君はまだ壊れそうな状態だってね」

「どうして?」

「君を押し倒して、うめき声をあげるまでその体にキスしたくなるから」

ノリーンはぱっと頬を染めた。「ラモン!」

ラモンは肩をすくめた。「怖がらなくてもいい。ただ、これからのことを警告しただけだ」

「脅迫なの?」

「いや、甘い約束だよ。君はどんな指輪が欲しいか、考えておいてもいいんじゃないのかな」

ノリーンは顔をしかめた。熱があるのかも。額に手をあてたが、額は冷たかった。

「私、指輪はしないわ」ためらいがちに言った。

ラモンは彼女の左手を自分の手に取って、長い指を見つめた。「プラチナは好き？　石はルビーでどう？　君の中に秘められた炎の色に合うように」

「なぜ、あなたが私に指輪を？」わけがわからず、ノリーンは尋ねた。

「僕は人生に君が欲しいんだ。君にはドナルドソン以外、これといった人はいない」その名を口にしたとき、ラモンの顔がこわばった。「君が彼を愛しているとは思えない」

「私はブラッドが好きよ……とても」

「僕も彼のことは好きだ。しかし君にふさわしい男ではない。彼が部屋から出てきたあと、君は震えたり赤くなったりしていない」

「そうなる必要があるの？」

「恋人になるような男は、相手に強い印象を与えるはずだよ。その男がいると、女性は予感と甘く禁じられた思いに身を震わせる。欲望に火をつけられ、顔を赤くする。その男を見るだけで喜びを感じる。ドナルドソンが会いに来ても、君はそんな徴候をまったく見せない」ラモンは赤くなったノリーンの顔を見つめた。シーツに触れた彼女の手がかすかに震えている。「しかし僕には、君はすべての徴候を見せている」

ノリーンは歯を食いしばり、彼をにらみつけた。「寒いの。それに熱も出てきたわ」

「僕に対して感じる熱だ」ラモンはふざけていなかった。その顔は厳しいほどだ。「僕も君に同じ熱を感じている。敬意と賛美の念も感じる。優しさと欲望もね」

「あなたとはベッドに行かないわ」

「それは無理だよ――今の君の状態では」

「永久によ」

「永久というのは長い時間だ。僕はあきらめないたちなんだ」

「今日、自分のアパートメントに帰るわ」

「いや、君は帰らない」怒り狂っているノリーンに、ラモンは笑いかけた。「君には休息が必要だ。あとで伯父さんと伯母さんにちょっとだけ会わせよう。夜になったら、バローハを読んであげるよ」

ノリーンは逃げたかった。しかし、行ける場所はどこにもない。

ラモンはノリーンの恐怖を見てとった。おそらくは彼女以上に。ラモンが背中をかがめて顔を寄せたとき、ノリーンには彼の瞳しか見えなくなった。

「僕は二度と君を傷つけない。体を傷つけることも心を傷つけることもしない。これからは君に嘘をつくのもやめる」

「私に何を求めているの?」ノリーンはかすれた声でささやいた。ラモンがこんなにそばにいてコロンの香りが漂ってくると、口をきくのも難しい。

「わからないのかい、ノリーン?」ラモンは彼女に顔を寄せ、口づけた。しかし、その口づけに欲望の味はなかった。ノリーンの想像もおよばないほど、限りなく優しい愛情がこめられていた。ラモンが去ったあと、ノリーンは思った。今のは想像の世界で起こったことなんだわ。


「もっと早く来たかったんだが」伯父がおずおずと言った。「ラモンが少し待ってくれと言うものでね。必要なものは、すべてそろっているかい?」

「もちろん。ラモンはすごく気を配ってくれるの」ノリーンはあわてて言葉を足した。「私、あの人の患者だから」伯父夫婦に自分がイサドラの場所を取ろうとしていると思われたくなかった。

自信たっぷりの態度もそがれ、メアリー伯母は老けて見えた。「イサドラは死んだわ。私たち、あの子の死がつらすぎたせいで、聖女にまつりあげてしまったのね。ラモンとの結婚生活についても知っているの。あなたはここにいるからといって、神聖な思い出を踏みにじっているなんていう気兼ねは必要ないのよ」彼女は悲しそうにほほえんだ。「あなたの体のことを知らなかったのが悔やまれるわ。イサドラの死後、私たちがした仕打ちを思うと、苦しいわ。あなたが許してくれるといいんだけど」

「おまえのために何かしてやりたいんだ」伯父も口を添えた。

伯父夫婦はひどく惨めに見え、ノリーンはそんなふたりを突き放すことができなかった。彼女はそれほど優しい心の持ち主だった。「私も、話を聞いてもらうようもっと努力すべきだったわ」ノリーンは温かく言った。「私だって、罪がまったくないわけじゃないの。イサドラは私のせいで死んだのよ」

「神さまの思し召しだったのよ」伯母が言った。「私たちもこの二年で変わったわ。ハルの誕生日にあなたを家によんだのも、仲直りしたかったからなのよ」

ノリーンのプレゼントをけなしたことを思い出し、伯父は顔を赤らめた。姪の顔を見ることもできなかった。「まだまだ努力が足りなかった」照れくさそうに笑って言う。「しかし、今は違う。気が向いたときはいつでも家に来てくれていいんだよ。家もめっきり寂しくなった」

「私も同じ気持ちです」ノリーンは伯父たちに穏やかな視線を向けた。ふたりとも疲労とやつれが目立つ。娘を深く愛していた彼らを責めることはできない。「元気になったら、うかがうわ」

「一緒にカリブ海に行かない？」伯母が明るく言った。「太陽の下でのんびりすれば、体にもいいわ。仕事は大変なんでしょう」

「ええ、それはもう。でも、仕事が大好きなの」

「しかし二、三カ月は働くのは無理だろう？ そのあいだ、休暇をとるのも悪くないぞ」

伯父が言った。

ノリーンはためらった。いずれはラモンのもとから離れなければならないことに思いあたったからだ。

「考えておいてね」メアリーが言った。

「そうします。ありがとう」

まだぎこちなさは残っていたが、雰囲気はよかった。時間がたてば、伯父夫婦とはもっと親しくなれるだろうとノリーンは思った。

伯父夫婦が帰ったあと、ラモンが寝室にやってきた。聴診器を持ち、ミス・プリムを従えている。

「ちょっとした診察だよ」ラモンはミス・プリムに合図して、ノリーンの準備を整えさせた。

ノリーンはラモンが診察するあいだ、ミス・プリムを下がらせないのに驚いた。たぶん、さっきの告白を後悔し、結婚の約束に希望を持たせないつもりなのだろう。だからこうして、医者として触れているだけだと証言できる人を用意したのだ。

ラモンは頭を上げてうなずいた。「人工弁はなかなかいい音をたてているよ」

「伯父と伯母は私をカリブ海に連れていきたがっているの」

ラモンの瞳が曇った。「すぐはだめだ。君には病院の近くにいてほしい」ラモンはノリーンの表情を見て、厳しい声でつけ加えた。「いや、危険だからというわけじゃないよ。手術からあまり日数がたっていないのに国外に出るのは感心しない」

「ああ、そういうこと」

「旅行はだめだ。少なくとも手術日から三カ月は許されない」怒ったような口調だった。ラモンはきびすを返して出ていった。ノリーンには彼が怒った理由がわからなかった。伯父夫婦と親しくするのを望んでいたはずなのに。


ラモンはそのあと、就寝時間が近づくまで戻ってこなかった。彼は仕事に出ていたのだ。疲れきった顔を見れば、それがわかる。

「緊急手術があったんだ」ラモンはそう言って、ベッドのそばの椅子にぐったり腰をおろした。「患者は助からなかった。妊娠している奥さんにそれを伝えなければならなかった」ラモンは椅子の肘かけにてのひらをたたきつけた。「彼は心臓が悪いことを知っていて医者に行かなかったんだ。会社で倒れ、病院にかつぎこまれたときには、すでに心臓の大部分がだめになっていた。死んだ心臓を取り替えたって何もならない。くそっ、なんてことだ！」

ラモンは怒っていた。怒りの底には患者を救えなかった深い悲しみがあった。

ノリーンは彼に向かって腕を広げた。

最初、ラモンは自分の目を疑った。しかし、息を吸ってノリーンに近づいていった。胸の傷を押さえつけないよう気をつけながら、彼はノリーンのやわらかい髪に顔を埋めた。ノリーンはラモンの頬が濡れているのを感じ、その頬に触れ、悲しげにほほえんだ。ラモンには好きなところがたくさんあるけれど、こういうところもノリーンは好きだった。彼は感情を押し殺したりしない。深い同情心を感じられるからといって、男らしさに欠けるわけでもない。

「いいのよ」ラモンの豊かな黒髪を撫でながら、ノリーンはささやいた。「あなたは力の限りを尽くしたんだもの。人の生死を決めるのは神さまだわ。最高の外科医でも神さまには逆らえない。あなたの過ちじゃないわ、ラモン」

ノリーンの優しい声がラモンの心にしみわたった。彼は息を吸った。ノリーンの腕の中にいると気持ちがほぐれるような気がした。「君はカトリック教徒として育てられたんだろう?」ラモンは低い静かな声で唐突な質問をした。

「ええ。でも、伯父や伯母とプロテスタントの長老派教会に行くようになったの。今も行っているわ」

ラモンが顔を上げて、ノリーンの瞳を探った。彼の瞳はまだうるんでいたが、それを見られても気にならない様子だ。「僕は礼拝にあまり行っていないんだ。懺悔にも。だけど深い信仰心を持っている。こういうときは、信仰が支えてくれる」

ノリーンは指先でラモンの顎をなぞった。うっとりするほど端整な顔。「失われた命のことで苦しまないで。あなたは何人もの命を救ってきたのよ」ノリーンは優しくほほえんだ。「私も患者さんが亡くなるとつらいわ。看護師は患者に感情移入してはいけないと教えられるけれど、どうしても気持ちを動かされるときはあるもの」

ラモンは長々と息をついて、ノリーンの髪をもてあそんだ。「本当にそうだね」そう言ってほほえんだ。「君は子供が好きだろう？　去年のクリスマスに小児癌の病棟で見かけた。よちよち歩きの子供たちと遊んだあと、廊下で泣いていたね」

ノリーンはそのときのことを思い出した。ラモンは足をとめて、ノリーンが泣きやむまで新しい治療法や実験段階の新薬の話をしてくれた。彼は優しかった。あのときノリーンは、自分の最大の敵が親切にしてくれることを不思議だとは思わなかった。

「あんなに幼い子供たちが、あの年でおそろしい痛みと失望を経験させられるなんて」

「将来、医学が癌に追いつくようになるよ」

「ええ、そう願っているわ」ノリーンは彼に優しく問いかけた。「気分はよくなった？」

ラモンはほほえんだ。「ずっとよくなった」

「食事はすませたの？」ノリーンはきいた。

「いや、まだ。空腹を感じなかったんだ。しかし、今は食べられそうだ。君は？」

「ポテトとブロッコリーのスープをいただいたの。おいしかったわ」

「じゃあ、僕もスープを飲んでこよう」ラモンはノリーンの手を取って、自分の口もとに持っていった。「僕たちがどんなにたがいのためになるか気づいていたかい？」

ノリーンは顔を赤くした。「私は同じように慰めていたわ。相手が……」

「どんな人でも？」ラモンはきいた。「そうだろうな。しかし同じやり方ではないかもしれないよ」ラモンのひんやりした唇が優しくノリーンの唇をふさぐ。「僕が食事を終えたあと、バローハを聞く気はある？」

ノリーンはほほえんだ。「ええ」

「すぐに戻ってくる」

ラモンはベッドから腰を上げ、飢えたようなまなざしでノリーンを見つめた。イサドラと結婚していたころも患者を失ったが、彼の失意は妻にはわずらわしいだけのものだった。イサドラはノリーンとは違い、死に神に敗北したラモンの苦しみを決して理解しようとしなかった。

「もう大丈夫？」ノリーンは彼にきいた。

ラモンは笑いかけた。「ああ、大丈夫だ。食べおわったら、すぐに戻ってくるよ」

言葉どおり、ラモンはすぐに戻ってきた。ときおり中断してノリーンに訳す時間を与えながら、バローハの『逆説王』の第一章を読み進めていった。彼女がわからない言葉にあたったときは、ラモンが助け船を出した。

「私がとくに好きなのは、シェークスピアは女性だと断言するフェミニストの話なの」ノリーンはくすくす笑った。

ラモンも一緒に笑い声をあげた。「ああ、あれはすばらしい作品だね」

「あなたはスペイン語をすごく美しく読むのね。ひと晩じゅうでも聞いていたい気分。でも、あなたには休息が必要だわ」

ラモンは本を閉じた。「君もだ。傷はまだひりひりする？」

ノリーンは顔をしかめた。「ええ。でも、気になるのは縫った部分なの。かゆくて」

「僕はホチキスを使ったんだ。縫ってはいないよ」

「何にしても、かゆいの」

ラモンはくすくす笑った。「治っている証拠だ。眠れるように鎮痛剤を飲むかい？」

「ええ。でも、中毒になったりしないわよね？」

「僕を無能な医者だとでも言いたいのか？」ラモンは非難がましく言って、ノリーンに薬をのませた。

「ごめんなさい」ノリーンはつぶやいた。「わかっているはずだったのに」

「もちろん、そのはずだよ」彼はグラスをわきに置いた。「ぐっすりおやすみ」

「私、いつ外に出られるの？」

「来週かな。天気のいい日にでも」

「外の世界を見てみたいわ」

「最善を尽くして、君を外に連れ出してあげるよ」ラモンは約束した。「しかし風邪をひかせるわけにはいかない。暖かい服が必要だな。コートは君の部屋に置いてあるの？」

「ジャケットならあるわ」

ラモンは何も言わなかった。何やらぶつぶつつぶやいて、部屋から出ていった。


一週間後の陽光が降りそそぐ日、ラモンはロング丈でサファイア色のベルベットのコートをノリーンに着せた。ノリーンが抗議すると、ラモンはセールで見つけたものだと話した。受け取るのがいやなら、あとで自分に代金を支払ってくれればいいと言う。幸い、ノリーンにはラモンがコートを買った最高級のブティックに行って、値札を見ることはできなかった。

ノリーンはラモンの腕につかまって、エレベーターに乗り、正面玄関にたどり着いた。アパートメントの管理人と受付係がにこにこしながら、ふたりがそろそろ歩くのを見ていた。ラモンが世話をしている義理の従妹（いとこ）のことを、だれもが知っていた。

ゆっくり回転式ドアを抜けて街路に出たときだった。ノリーンはあやうく急ぎ足のビジネスマンに倒されそうになった。その男は彼女をにらみつけた。

「この人は心臓の手術を受けたばかりなんだ」ラモンが男にすごみのある目を向けた。

ビジネスマンはノリーンを眺め、彼女が歩くのにも苦労しているのに気づいて、少し顔を赤くした。「悪かった」男はぼそりと言い、ラモンを横目で見ながら、アパートメントの中に走りこんだ。

「まったく、ビジネスマンというやつは。健康にくらべたら金になんの値打ちがある。あいつは高血圧だぞ。体にはファストフードしか入っていない」

「あらあら、ずいぶん荒れ模様なのね」ノリーンはラモンにつかまりながら、息を切らしてたしなめた。やわらかいコートに身を包み、やはりラモンが買ってくれた綿毛のような帽子をかぶっている。

ラモンはさらに彼女をしっかり抱きかかえた。黒い瞳には、なおも怒りの炎が燃えていた。「あいつは君を傷つけたかもしれない」

ノリーンはそんなラモンの態度がうれしかった。自分が無防備で弱々しく、はかない存在だと感じていた。ノリーンの目に急に涙がこみあげてきた。

「泣かないで」ラモンは優しく言った。「危なかったが、大事にはいたらなかったんだから」

「違うの」ノリーンは彼の瞳をのぞきこんだ。「あなたに気づかってもらえるのが、すごくすてきだって考えていたの。怖かったのはほんの少しだけ」

「あいつをなぐり倒すんだった」

ノリーンはふうっと息を吸った。「私は大丈夫。あなたが支えてくれる限り」ノリーンは彼の腕にしがみつき、輝くばかりの笑みを浮かべた。「ああ、ラモン、外に出られるのってすばらしいわ！」

ノリーンが顔を上げた。その顔があまりに愛らしくて、ラモンは胃に一撃を見舞われたように感じた。完璧（かんぺき）なまでの美しさに息がとまりそうだ。

「どうかしたの？」

ラモンは首を振った。「なんでもない。君はなんてかわいいんだろうと思っていたんだ」

ノリーンは顔を赤らめた。「コートと帽子がすてきだから」

「それを身につける女性が美しいんだ。外見だけのことじゃない。僕はこうも考えていたんだ。僕たちに、君のつぶらなグレーの瞳とその優しいほほえみを受け継いだ女の子がいたら、どんなに幸せだろうって」

10

足が地面から離れるのを感じたときには、ノリーンはラモンのたくましい腕に優しく抱きあげられていた。

「まだ早すぎたんだ」ラモンが気づかわしげに言った。「遠くまで歩かせるべきじゃなかった」

「私は大丈夫」ノリーンはそう答えて、彼に寄りかかった。「歩いたせいじゃないの。あなたの言ったことが……」恥ずかしそうにほほえむ。「まあ、いいわ。なんだか頭が混乱しているみたい」

「君とのあいだに娘が欲しいと言ったんだよ」ラモンはもう一度言った。ノリーンは呆然と彼を見あげた。「気が早すぎるのはわかっている。しかし僕たちは指輪のことを話した。次に赤ん坊の話が出るのは当然だろう?」

「指輪って……つまり……結婚指輪のこと?」ノリーンは大きな声をあげた。

ラモンは顔をしかめた。「なんのことだと思っていたんだ?」

「クリスマスのプレゼント」ノリーンはうろたえて答えた。「誕生石のついた指輪かなって」

ラモンは大きくため息をついた。「君に全面的に信頼してほしいなんて期待するべきではなかったんだ。まして、結婚の話を考えてくれなんて」いらだった口調だった。

ノリーンはかぶりを振った。自分は正気を失っているのだと思った。目を大きくみはり、まばたきもせずにラモンの整った顔を見つめた。

ラモンの視線が、彼女の顔から長いコートに包まれたほっそりした体に移った。「外科医の生活は信じられないほど不規則で忙しい」彼は顔が向きあうようにノリーンを優しく抱き寄せた。道を通る人々がふたりを遠まきにして過ぎていく。「だけど、少しは自分の時間も持てる。僕には君と家族を支えるのに十分すぎるほどの経済力もある」

ノリーンは頬がほてるのを感じた。「あなたは私に罪の意識と同情を感じているだけだわ……」

ラモンは優しくほほえんだ。「それだけで結婚を申しこんだりしないよ、ノリーン。僕たちは似合いのカップルだ。君はそれに気づいていないのかい？　僕といると幸せなんだろう？」

ノリーンは不安だった。両手はラモンのカシミアのコートを押さえている。「ええ、幸せよ」そのことは否定できない。「でも、早すぎるわ。ちゃんと自分の足で立てるようになって……」ぎくっと顔を上げた。「私、赤ちゃんを産めるの?」

ラモンの顔が赤くなった。

ノリーンは彼をにらみつけた。「今すぐというわけじゃないわ。つまり、人工弁の手術を受けていても、子供が産めるの?」

「もちろんだよ」ラモンはそう答えて、動揺したような笑みを浮かべた。「びっくりしたよ。思わず、今の君の状態で子供を作る方法を考えてしまった。まだ無理だよ」

今度はノリーンのほうが頬を染めた。

「君の答えがまだだ」ラモンがせかした。

ノリーンは彼に体をすり寄せた。「私、子供は大好きなの」

「わかっているよ。僕もだ」

「子供は正式に結婚した夫婦のあいだに生まれるほうがいいと思うの。でも、伯父さんたちが……」

「大喜びするさ。いつか孫を持つのが夢なんだ」ラモンは短く息を吸った。「あの人たちはイサドラが子供を嫌っていたことを知らなかった」

ノリーンは目を上げて、ラモンの緊張した顔を見つめた。ラモンのプロポーズを真剣に受けとめるのは難しかった。むしろ彼は保護者のような存在で、人の面倒をみるのが好きなのだと思っていた。彼女もそんな立場に甘えていたが、それは愛ではない。ノリーンは愛のない結婚はできなかった。とくにラモンの信仰するカトリック教の世界では、離婚は不和を解決する手段と見なされていないのだ。

ノリーンが心を決めかねているのを感じて、ラモンが優しく彼女の顔に触れた。「時間をかけて、そのことを考えてほしいんだ」

「そうするわ」ノリーンは約束した。

「とにかく、今は」ラモンはふたりの周囲を渋い顔で眺めた。「ちょっと歩いたほうがよさそうだ。通行の妨げになっているからね」

ノリーンは息をはずませて、笑い声をあげた。

ラモンは彼女をゆっくり通りの角まで歩かせると、ふたたび歩き出す前に休憩させた。ノリーンは息を切らし、上気していたが、それは正常なものだった。ラモンが彼女の手首に手をのばし、脈拍を測った。脈は力強く規則的なリズムを刻んでいる。ラモンはほほえんだ。「そのうち、もっと楽に歩けるようになる」

確かに彼の言ったとおりになった。ラモンは緊急の呼び出しでもない限り、毎日一緒に歩いてくれた。数日が数週間になり、数週間が数カ月になった。ノリーンは体力と気力を取り戻し、胸の痛みもなくなった。相変わらず、ラモンの朗読は続いていた。夜、静まり返ったアパートメントに、彼の穏やかな優しい声が響いた。ラモンは悩みをノリーンと分かちあい、彼女を慈しんだ。だが、できるだけ距離を保っていたので、そのうちノリーンも彼が衝動的なプロポーズを考え直したのではないかと思いはじめた。一度、結婚に失敗している以上、同じことを繰り返したくはないだろう。それに、ノリーンは患者だ。ラモンは否定しているが、以前の扱いを償おうとしているのではないかという思いはぬぐえなかった。ラモンがよそよそしいのは、そんな結婚に疑いが芽生えてきたからではないだろうか。

それでも、ラモンはノリーンの行動を監視し、心臓内科医の診察、一週間に一度の血液凝固時間の検査、薬の服用などをチェックした。その日、ラモンの同僚の内科医と心臓内科医が、運転はまだだめだが、そろそろ仕事に復帰してもいいと言った。ところが、帰宅したノリーンがその話をすると、ラモンはとたんに、かんかんになった。

すでに看護師に付き添ってもらう必要がなくなり、ミス・プリムにはやめてもらっていた。おかげで、部屋じゅうに響きわたるラモンの怒声を聞かれずにすんだ。ラモンは今までの自制心をかなぐり捨てていた。ラテン系の激情をむき出しにして、英語とスペイン語で呪（のろ）いの言葉を吐き、ばかなことをしようとしているとノリーンを非難した。

ノリーンは説得しようとした。「あなたにはとても感謝しているの。でも私の部屋や車の維持費まで面倒をみてもらうわけにはいかないわ。自分の生活費は自分でかせぎたいの」

「ひとりで生活するのは、まだ早すぎる」

「もう三カ月もここにいるのよ。なぜそんなに反対するの？」

ラモンは肩をすくめた。まるで壁に向かっているかのようにスペイン語でぶつぶつ文句を言っている。

「私は壁じゃないわ」ノリーンは腰に手をあてて、ぴしゃりと言った。

腹を立てているにもかかわらず、ラモンはノリーンの様子に目を輝かせた。体調が悪かったとき、彼女は影のように生気がなかったが、今は顔色もよく、心臓は新品同様の働きをしている。確かにノリーンは仕事に戻れる。ラモンはノリーンをここに引きとめる口実があればいいと思った。このアパートメントでひとりで生活するのに、どうやって耐えていけばいいのかわからなかった。

「モスキートは連れていけないぞ」ラモンはようやく言った。どう言えばノリーンの気を変えさせることができるだろう。「あの子が嘆き悲しむよ」

「ばかばかしい」ノリーンの声に説得力はなかった。ノリーン自身、嘆き悲しむのはわかっていた。きっと、子猫よりもラモンと離れるほうがつらいだろう。とはいえ、ラモンが抱いているのは哀れみではないと確信するまで、彼と距離を置く必要がある。ラモンは一緒に暮らしていることで、本心を見失っているのかもしれない。

ラモンはノリーンが見たこともないほど険しい表情を浮かべていた。「君はひとりでは幸せにはなれないよ」怒りにかられた口調だった。

ノリーンは言い返さなかった。言い返したところでなんの意味があるだろう。ただ苦痛をにじませた瞳でラモンを見つめるだけだった。「真実を知って、罪の意識を感じるのは当然だわ。それに、面倒をみなければならない人間と一緒に暮らした経験もなかったわけでしょう」

「近くにいるせいで目がくらんで、自分の気持ちがわかっていないと言うんだね」

ノリーンはうなずいた。

ラモンは深々と息を吸いこんだ。「わかった」

「あなたには、言葉で言いつくせないほど感謝しているわ。でも、あなたはまったく知らない人にも優しくできる人よ」

「君は僕を買いかぶっている。それに、自分を低く見すぎているよ。僕のせいで、人生に多くを期待しなくなったのかな。僕が君を皮肉屋にしたんだ」

ひどく打ちひしがれた様子のラモンを見て、ノリーンは後ろめたくなってきた。

「私はもう皮肉屋なんかじゃないわ」ノリーンは静かに言った。「今では、伯母さんや伯父さんとも、うまくやっているのよ」

「海外旅行はだめだ。まだ早すぎる」

「内科の先生はいいって言ったわ！」ノリーンはむっとして言い返した。

「彼に何がわかる。手術をしたのは僕だぞ！」

ラモンの瞳が黒い稲妻のように光った。ノリーンは怒りを燃やす彼に強烈な魅力を感じた。

「あなたは子供の自立を妨げる父親になるわね」ノリーンは皮肉っぽく言った。

「どうやったら僕に子供が持てるんだ？　君は出ていこうとしているじゃないか！」

ノリーンの心臓がびくんと飛びあがった。しかし決意はゆるがなかった。「ただ、時間が欲しいの。あなたなら大丈夫よ」

「大丈夫だって！」ラモンはあざけるように言った。片手で豊かな黒髪をかきあげる。「患者を死なせてしまったとき、だれが僕を慰めてくれるんだ？」

ノリーンの決意がぐらつきそうになった。しかし折れるわけにはいかない。彼女は優しくラモンの腕に触れた。「電話があるわ。気が向いたら、いつでも電話して」目をそらして付け加える。「あなたは私の友達だもの」

ラモンはしばらく何も言わなかった。彼はノリーンの顔に指で触れ、顔を寄せて、優しく唇を重ねた。

「君は僕の友達になりたいのか？　それなら僕を撃ち殺してくれ」ラモンはノリーンの唇にささやきかけた。「それが思いやりというものだ」

「ばかなこと言わないで。私にあなたを撃てるはずがないでしょう」

「君は僕の人生から出ていこうとしている。どうしてなんだ？」ラモンは問いつめた。

「自分を守るためよ」

ラモンはノリーンの傷跡を思いやりながら、強く抱きすくめた。

ノリーンは彼に身をゆだねた。ここを去るのが正しい決断だということはわかっている。しかし、ラモンとの触れあいに飢えていた。

自然とラモンの唇がノリーンの唇に重なった。軽く優しいキスは、一秒ごとに深く激しくなっていく。ノリーンが低いうめき声を聞いた次の瞬間には、ラモンの舌が口の中に侵入してきた。彼に抱きあげられても、ノリーンは抵抗できなかった。腕をラモンの首にからませ、彼の情熱に負けないほど激しい口づけを返した。

彼の全身に震えが走るのを感じたとき、ノリーンは一瞬唇を離して息をしようとした。

ラモンの呼吸は荒かった。ノリーンの瞳をのぞきこむ彼の瞳は、暗い欲望に燃えていた。

「僕に良心がなかったら、君をベッドに運んで、一緒にいてほしいと君が泣いて懇願するまで愛するだろう。でも、君はまだバージン（ウーナ・ビルヘン）だ。違うかい？」

「そうよ」ノリーンは震える声でささやいた。

ノリーンの体がますます激しく震え、ラモンは彼女の額に自分の額を押しあてた。「このすてきな震えは僕のせいなんだろう？」

ノリーンは唇を噛（か）んだ。「うぬぼれだわ」

「僕は飢えているんだ」ラモンはふたたび唇を重ねて、ノリーンの唇に息を吹きこんだ。「愛されることに飢えている。安らぎを与えられることにも……君は僕に天国を見せておいて、それから地獄に落とそうとしている。仕事なんかのために」

「いいえ、そうじゃないわ」ノリーンはそう言って、手をのばし、ラモンの唇から頬、すっとのびた傲慢(ごうまん)そうな鼻すじをなぞった。「仕事のためじゃないわ。私はあなたを愛しているのよ」

「いとしい人(ケリーダ)」ラモンはうめいた。痛いほどの欲望を感じ、ノリーンに口づける。彼が苦しみを与えつづけたノリーンの口から、こんな言葉が聞けるとは。ラモンはその優しく甘い言葉に溺(おぼ)れた。

ノリーンは唇を彼の熱い喉に押しあてた。手術跡が痛むのも気にせず、ラモンにしがみつく。「私を出ていかせて」惨めな思いでささやいた。

「どうして?」

ノリーンは耳もとで聞こえるラモンの深みのある優しい声にうっとりした。「あなたが自分の気持ちを確かめられるように」

ラモンは頭を上げて、ノリーンの悲しそうな瞳をじっと見つめた。「僕の気持ちだって?」

ノリーンはうなずいた。

ラモンはゆっくりため息をついた。「君にはわかっていないのか?」ラモンはノリーンの表情を探りながら、沈んだ声できいた。「イサドラは知っていたよ。そのことで僕を責めたのは話したね」

「イサドラはあなたが私に取り憑かれていると非難したんでしょう……肉体的に」

ラモンは低く笑った。「肉体的に?」ラモンのまなざしはノリーンの顔から彼女の体に落ちて、ふたたび顔へと戻った。「こういう歌詞の歌があるんだ、ノリーン。男が女を愛するとき、心から愛するとき、男は愛する人の瞳の中に、まだ生まれていないわが子の姿を見る」

「ええ」ノリーンはささやいた。その歌詞に強く心を動かされていた。それだけでなくラモンがその歌詞を口にした顔つきにも胸が震えた。

「僕は君の瞳に僕の息子たちを見たんだ。ケンジントン家のキッチンで君を見つけたあの日に」ノリーンの顔が赤くなるのを見つめながら、彼はささやいた。「そして僕は結婚した。生き地獄だったよ。罪と知りながら、悔い改めることができなかったんだから」ラモンは目を閉じた。「僕はその代償を払った。君にも払わせた。そして僕たちはふたりともまだその代償を払っている」

ノリーンはもう二度と息ができないのではないかと思った。目をみはって、ラモンをじっと見つめた。

ラモンが目を開き、まっすぐノリーンの瞳を見つめ返した。彼の瞳は何も隠していなかった。ラモンの心がその中にあった。

「結婚したいのは、私を愛しているから？」ノリーンはかすれた声できいた。

「そうだ」ラモンはいとおしげにノリーンの顔を見つめながら、きっぱり言った。「君への愛は永遠だよ。僕の心と魂と、そして僕の命のある限り」

ノリーンは涙があふれてくるのを感じた。ひと粒ひと粒、涙がとめどなく頬を静かに伝っていく。

「だめだよ」ラモンは唇で涙をぬぐいながらささやいた。「いい子だから、泣かないで。そんなに家に帰りたいのなら、もうとめない。だけど、僕たちはこれからも会うようにしないと……ノリーン！」

ノリーンが彼の首に回した腕にぎゅっと力をこめた。ラモンは彼女の体にさわるのではないかと思ってひやひやした。ノリーンは彼にしがみつき、苦しげに体を震わせ、感情のおもむくままに泣いている。

「恋しい人（エナモラーダ）」ラモンはそっと唇をノリーンの涙に濡（ぬ）れた顔に押しあてた。「泣かないで。頼むから。こんなふうに君が泣くのは耐えられない」

「私、あなたに憎まれていると思っていたの」ノリーンはすすり泣いた。

「そう思わせる必要があった。君への思いを認めるのは恥ずべきことだった。僕には妻がいた。僕の信仰では、結婚は生涯守るべきものだ」

「わかっているわ」ノリーンは濡れた頬をラモンの頬にすり寄せた。「だから出ていこうと決心したの。あなたが理性を取り戻したとき、私を負担に感じてほしくなかったから。あなたは私に同情しているだけだと思っていたの」

ラモンはノリーンを抱き寄せて、大きなため息をついた。「君を愛しているよ。残りの一生を君と生きていきたい。君との子供が欲しい」

「私だってあなたの子供が欲しいわ。ただ、高潔であろうとしたの」

「そういうのは聖人たちのものさ」ラモンは顔を上げて、ノリーンのうるんだ瞳をのぞきこんだ。「僕たちはできるだけ早く結婚すべきだと思う」

「本当に?」

ラモンはうなずいた。「君にはどうやら逃げ出す癖があるからね」ラモンはほほえみながら言った。「結婚したら、家から出る気にはならないと思うよ」

「気分転換の仕事くらいはできるわ」ノリーンは低い声でつぶやいた。

ラモンは彼女の表情を探って言った。「子供ができるまで?」

ノリーンは恥ずかしそうに笑った。「そうね。それから子供たちが学校に入ったら、また仕事に戻るわ。私は仕事が好きなの」

「君はすごく優秀だからね」

「そうは思っていなかったくせに」

ラモンは顔をしかめてみせた。「古傷をこじ開けて、僕を苦しめるんだな」

ノリーンは彼の唇に優しく口づけをした。「ごめんなさい」

「そのくらいでは機嫌は直らないよ。もっと慰めが欲しいな」

「こんなふうに?」ノリーンはささやいて、ゆっくりと激しいキスをした。

ラモンも激しくキスを返した。

彼は唇を離して言った。「こんなふうにキスをするのは危険だよ。僕たちは教会で結婚式を挙げるんだ。君は白いドレスにベールをかぶる。そして、僕たちは初夜を迎える」

ノリーンは頬をほんのりピンク色に染めた。「人にはもうすませたと思われているみたい。ブラッドがそう言っていたわ」

ラモンは眉をつりあげた。「また来たのか?」

ノリーンはにっこりした。「ほんの何分かだけ。あなたが誤解しないように言っておくけど、彼には好きな人がいるの。私じゃないわ。私たちには友情以上の思いはないのよ」

「これからは安全な距離を保って友達づきあいをするんだね」ラモンは硬い口調で言った。

「まあ、嫉妬(しっと)しているのね」

「猛烈に」ラモンがキスをした。「それに、へとへとなんだ」くすくす笑いながら、顔をしかめてノリーンを床におろした。「君はすごく軽いけど、時間とともに重みが増してくる。だが、結婚式のあとは君を抱いて家に入ると約束する」

「ちゃんと守ってもらうわ」ノリーンはそう言って、心からの笑みを見せた。

ラモンは優しくノリーンの顔を撫で、彼女の瞳にあふれる愛を見て胸を熱くした。「暗くした部屋で君をこの腕に抱くのを夢見ていた。とうていかなわぬ夢だと思っていた。それなのに君は初夜のベッドに、すばらしい贈り物まで持ってきてくれる。僕にそれを受けとるだけの値打ちがあればいいのだが」

ノリーンははにかんで、彼の胸に顔を伏せた。

ラモンがそっと彼女の背中を撫でる。「怖がってはいないね？」

「ええ」ノリーンはささやいて目を閉じた。「あなたに夢中なの」

「僕もだよ」


ふたりは結婚の日取りを発表した。ノリーンが心配していたことはすべて、愛し愛される幸福感の中に消えていった。そのニュースにもっとも驚き、もっとも喜んだのはノリーンの伯父と伯母だった。伯母が式の準備を引き受け、週の終わりには、招待状からウエディングケーキ、披露宴のことまですっかり手配をすませてしまった。

ノリーンが仕事に戻る話はそれっきりになってしまった。ノリーンはウエディングドレスの仮縫いや招待状の発送に追われるようになり、そのあいだに伯母と親しく気持ちを通わせるようになった。というのも、婚約した以上、ノリーンは伯父の家に戻るべきだとラモンが言い張ったからだ。彼によれば、結婚生活に暗い影を落とすような、心ない噂は絶対に避けたいという。このことはラモンを知るだれもがおもしろがった。もっとも、ノリーンほどではなかったが。

彼は自分の決意を極端なまでに押し通し、結婚の誓いを立てるまではノリーンに触れようとしなかった。ノリーンが想像した以上に、ラモンの意志は固かった。しかし、優しさは限りなく、汲めど尽きない喜びと幸福をもたらした。

ノリーンと同様、ラモン自身も明るくなった。回診中の彼を看護師たちはからかった。ただし、ブラッドだけは別だった。彼はラモンとノリーンが婚約したのを知り、ラモンと顔を合わせることに気まずさを感じているようだった。ノリーンを訪ねることもやめていた。ラモンは寛大だが、こと自分の愛する女性に関してはうるさかった。これからノリーンの友達は女性に限る、と彼はひとり納得した。

ラモンは結婚式の前に数回ノリーンを食事に連れていった。細心の注意を払って、礼儀正しい態度を崩さなかった。しかし彼の瞳に炎がくすぶっているのを見て、ノリーンは少し不安になった。

結婚式の前夜、ケンジントン家の車寄せに車をとめたときだった。ノリーンが車のドアを開けようとしたとき、ラモンは彼女の体に腕を回した。

「日を追って、僕に対して神経質になっているね」ラモンは優しく言って、長い指をノリーンの指にからませた。「なぜだか話してくれないか」

ノリーンがもたれると、ラモンは彼女を胸に抱き寄せた。「私、男の人のことをあまり知らないの。なんて言うか、あなたは生きたまま食べてやろうとでもいうような目で私を見つめるでしょう。あなたを満足させられるかどうか自信がないの」

ラモンは低いくすくす笑いをもらした。「君は僕を十分満足させてくれるよ。実を言うと、僕にも不安があるんだ。君のことで」

「私のこと?」

「君の純潔が僕をひるませるんだ。君を傷つけないためには、君も僕と同じように欲望を感じてくれないと」

ノリーンは顔を彼にすり寄せた。「感じるわ。そのことはちっとも心配していないの」

「ああ、そういうことか。君は僕が何人もの女性と関係したと思っているんだ。そうだろう?」

「あなたはイサドラと結婚したとき、三十になっていたわ」

ラモンはノリーンの頬を手でたどった。そして彼女の顎を支えて、顔を上げさせた。

「僕は妻を裏切ったことはない。イサドラが死んだあとも、だれともつきあわなかった」

ラモンは愛情をこめて、ノリーンの顔を両手に包んだ。「そして君と結婚したあとは、決して別の女性とかかわったりしない」

ノリーンはラモンの首に両手を回し、純粋な喜びに包まれて彼を抱きしめた。「そして、私たちはいつまでも幸せに暮らしました」彼女はつぶやいた。

「それはおとぎ話だろう。だが、ふたりの人間が努力すれば、その結婚は永遠のものとなる」

「私たちの結婚は永遠に壊れないわね」

ラモンは重々しい顔つきでうなずいた。「ああ、そう思うよ」

ノリーンが優しくキスをすると、ラモンが自制心を働かせて、体を離した。「私にキスするのがいやになったの?」

ラモンは緊張した笑い声をあげた。「困ってしまうくらい好きだよ。明日の夜はキスを期待してくれていいよ。それ以上のこともね」

「私、〝それ以上〟の部分がとっても好き」ノリーンはささやいた。

ラモンはくすくす笑った。「僕もだよ。じゃあ、おやすみ!」

「おやすみなさい」ノリーンはじっとラモンを見つめ、車から降りた。

11

結婚式というのは、大がかりで格式ばったものでなくとも、大きなイベントには変わりない。ラモンとノリーンは神父の前で誓いの言葉を述べ、式にはふたりの同僚と伯父夫婦が参列した。式のあとケンジントン邸に場所を移して、こぢんまりした、しかし晴れやかな披露パーティが開かれた。

ノリーンは自分の寝室に戻って、さっぱりしたスーツに着替えた。このままサウスカロライナ州のチャールストンに新婚旅行に行く予定だ。彼女は鏡に映した自分の顔をじっと見つめた。見慣れた顔立ちにとりたてて目を引くところはないが、大きなグレーの瞳だけは、あふれるほどの喜びに輝いている。

ノリーンはかわいそうなイサドラに思いをはせた。従姉(いとこ)は本当の意味で幸せを知らなかった。痛ましくも、彼女は突然、悲劇的な死を迎えてしまった。これからもノリーンはイサドラの死に罪悪感を感じつづけるだろう。しかし、なんとかして過去は乗り越えなければならない。そうなって初めて、ラモンとの結婚生活の真のスタートを切ることができるのだから。

背後でドアが開いて、メアリー伯母が部屋に入ってきた。淡いブルーのスーツにピンクの襟なしのシルクニットのブラウスという装いが伯母によく似合っていた。メアリーは姪ににっこり笑いかけた。「何か手伝うことはない？」

ノリーンは首を横に振って、鏡に背を向け、伯母に向き直った。「イサドラのことを考えていたの」

メアリーの瞳がほんの一瞬だけ曇った。「ノリーン、だれにも過去は変えられないのよ。イサドラのことは私たちみんなの責任だわ。私たち夫婦はイサドラをあなたひとりにまかせて出かけるべきではなかった。ラモンもそう。あなたの責任はいちばん軽いわ。あの晩イサドラの看護をしたせいで、あなた自身が死んでいたかもしれないのよ」

「伯母さんは知らなかったんですもの」

メアリーは悲しげにほほえんだ。「知らないことがたくさんあったわ。恥ずかしげもなく、あなたを利用してきた。黙って言うことを聞く代わりに、私のわがままをたしなめてくれればよかったのに」

ノリーンは伯母にほほえみを返した。「私にできることなら、やってあげたかったの。伯母さんたちは私に家庭を与えてくれたんですもの。施設に入れることだってできたのに」

「そんなこと」メアリーはつぶやいた。「それだけはさせられなかった。家族は家族ですからね」

「私、一度も虐待されたことはないし」

「でも、あなたは幸せでもなかった。これからは幸せになってほしいのよ、ノリーン」メアリーは真心をこめて言った。「あなたとラモンにはね」

ノリーンは思わず伯母に駆けよって、やわらかい頬に口づけした。「ありがとう」

メアリーは優しくノリーンを抱いた。「私にはもうあなたしか娘がいないの。ときどき顔を見せてほしいわ。とくに子供ができたらね」彼女はその情景に想像をめぐらし、目を細めた。

ノリーンはにっこりした。「何人か欲しいと思っているの」

「楽しみだわ。さあ、だんなさまのところに戻りなさい。ちょっといらだっていたみたいだから」

チャールストンまでは長い道のりだったが、車で行ったおかげでふたりきりになる時間がたっぷり取れた。飛行機ではこうはいかない。ラモンはノリーンが長旅で疲れないように途中でたびたび車をとめて休憩をとった。

コーヒーを飲み、パイを食べるために車を降りたときも、ラモンはほんの少しでも離れるのが耐えられないとでもいうように、ノリーンが食べるあいだもずっと彼女の手を握っていた。

ノリーンを見つめるラモンのまなざしには、言葉以上に愛が表れていた。その温かい黒い瞳に、ノリーンの心臓が狂ったように打ちはじめた。

ラモンは彼女の鼓動が速くなったのに気づいて、笑みを浮かべた。「今、君はあらゆる意味で僕のものだ。今日は僕の人生で最高に幸福な日だよ」

「私もよ。あなたを愛しているわ」

「愛しているよ、いとしい人（ケリーダ）。僕のすべてで愛してる」

ノリーンは顔を赤らめた。左手に美しい金の結婚指輪が光っている。そして、金の指輪の上には婚約指輪。ブルートパーズをぐるりと囲むダイヤモンドが、光を受けてきらきら輝いていた。

ラモンも太い金の指輪をしていた。これは彼自身が決めたことだった。ノリーンと同じく、ラモンも結婚していることをみなに知らせたいと思っている。ノリーンはそんな彼の気持ちがうれしかった。

「モスキートがメアリー伯母さんの家具にあまり爪を立てなければいいんだけど」ノリーンは言った。「連れてくるべきだったのかも」

「帰ったときには、網に入れられて天井からつるされているよ」ラモンはくすりと笑った。

「大丈夫、あの子はご機嫌でいるさ。伯母さんたちもモスキートが好きなんだから」

ノリーンはラモンと手を組みあわせ、うっとりと彼を見つめた。「まだ信じられないわ。私、夢を見ているわけじゃないわね？」

ラモンは甘い笑顔になった。「目的地に着いたら、これが夢でないことを証明してあげるよ」

ノリーンは待ちきれない様子でてのひらを彼の手に押しつけ、瞳をのぞきこんだ。「あなたと近づけるだけ近づきたいわ」ノリーンは恥じらいがちに言った。たちまちラモンの瞳に暗く激しい炎が燃えあがり、彼女は目を伏せた。

「まったくびっくりさせてくれるね」ラモンはつぶやいた。「でも正直言うと、僕もそれを望んでいるんだ。君を近くに感じ……」あとの言葉をのみこんで、ラモンはパイを食べおえた。

それから間もなく、ふたりはチャールストンの豪華なホテルに到着した。緊張と欲望が空気にみなぎって、ふたりとも車の中では口数が少なかった。

ラモンはうわべだけはゆったり構えていた。チェックインをし、スイートルームに荷物を運んだベルボーイにチップを渡した。だが、ベルボーイが外に出ると同時に、ラモンはノリーンを腕にかかえて、まっすぐキングサイズのベッドに向かった。カバーをはずす時間も待てないほどノリーンを感じ、味わいたくてたまらなかった。

「早すぎる……だろうか？」ラモンはノリーンの唇にささやいた。「疲れている？」

ノリーンは彼の問いかけに激しい口づけで答えた。最初に感じた緊張は消え、長いあいだせきとめられていた情熱が一気にあふれ出す。

ふたりのあいだに火花が散った。一分後には、ふたりとも服を脱ぎ捨て、肌を寄せあっていた。細胞のひとつひとつが彼を感じられるほど、ノリーンはラモンに近づいていた。

彼の体に両手を這わせながら、ノリーンは驚きに打たれていた。自分に触れるラモンの温かいブロンズ色の肌が心地よかった。

ラモンは彼女の温かくなめらかな肌を自分の唇で、手で、目で、心ゆくまで味わった。

ラモンの絶妙な愛撫はゆっくりとノリーンを恍惚の境へと運んでいった。ラモンの唇は、ノリーンが想像もしなかった方法で彼女を発見していく。ノリーンが思わずあえぐと、ラモンは彼女のショックを受ける様子にそっと笑った。胸に触れる彼の唇に少しずつ力がこもっていく。ラモンはゆっくり、とてもゆっくりとノリーンの硬いつぼみを口に含み、舌で味わった。

ラモンの欲求がそれ以上引きのばせないところまで高まったときには、すでにノリーンも彼を迎え入れる準備ができていた。

ラモンは慎重にノリーンの上に体を移した。両腕で自分の体を支え、しなやかな体をぴったり彼女の体に重ねる。ラモンの目はかたときもノリーンから離れなかった。ひとつになろうとしたとき、彼は驚きと喜びで満たされたノリーンの瞳をじっと見つめた。

「君が求めていたのはこれかい、ケリーダ?」ラモンがささやいた。「こんな僕が怖い?」

ノリーンは自分に押しあてられた彼のたくましさに圧倒されていた。かすかな恐怖と畏怖の念に、彼の肩を抱く手に力がこもる。そしてラモンが荒い息を吐いて優しく体を進めた瞬間、ノリーンははっと息をのんだ。

「痛い?」ラモンの顔はこわばっていた。ノリーンのために自分を抑えているのだ。

ノリーンは下唇を噛んだ。「燃えて……いるみたいなの」そうささやいて、赤くなった。

「そうか。でも熱はやわらいでいくよ」ラモンがささやき返した。部屋の静けさを破るのはふたりの荒い息づかいだけになった。ノリーンが萎縮してしまう前に、ラモンの手がふたりの体のあいだをすべり、彼女に優しく触れた。

「ごめんなさい」

「いや、謝るのは僕のほうだ。君をせかしてしまった」ラモンは優しく言った。ほほえみを浮かべたまま、優しく彼女に触れ、新しい感覚を送りこむ。ノリーンの体に緊張が走ったが、それは痛みのせいではなかった。「そうだ」ラモンは彼女の瞳を見つめながら言った。「これが必要だったんだ。甘く高まっていくこの緊張がね。これで君の体は僕への欲望をつのらせ、痛みさえも忘れて……そうだ、それでいい……」

ノリーンは彼の肌に爪を立て、しがみついた。ラモンが与えてくれる快感は、彼女の中に新しい欲望を生み出した。ノリーンは彼に触れてほしかった。ラモンの手で自分を探ってほしかった。

「ラモン！」ノリーンはすすり泣いた。長い脚を彼に巻きつけ、動き、腰を上げ……。

ノリーンは自分の中に彼を感じ、大きく目をみはった。あらゆる本で読んでいたにもかかわらず、衝撃を受け、言葉をなくしていた。どんな言葉もこの経験を表現できない。ラモンがゆっくり優しいリズムで動き、ノリーンもそれに合わせたとき、快感が体じゅうの神経を震わせた。かろうじて感じられた閃光(せんこう)のような痛みが、わずかにノリーンをひるませただけだった。次の瞬間、ラモンは完全に彼女の一部になった。

ノリーンは彼を引き寄せると、心臓の鼓動とともに体を震わせていた。そのあいだもずっとラモンの瞳を見あげていた。やがて、ゆっくりと優しいリズムがたちまち激しくなった。ノリーンは体をつらぬく快感に、経験したこともない高みへと押しあげられた。むせび泣きながらも、ラモンが熱い快感に身をゆだね、顔をゆがめるのを見つめた。永遠にも感じられる一瞬、ふたりは動きをとめた。快感を分かちあい、目を見交わす。これほどまでにふたりが近づいたことに圧倒されて、息もできなかった。

「信じられない」ラモンは息をついた。情熱が彼の顔をこわばらせている。

ノリーンは彼の表情を探った。彼女の瞳も欲望をみなぎらせていた。「本当に」

「もう一度できるかい？」

「ええ」ノリーンは喜びに息を切らしながら、どうにか声を出した。「大丈夫よ」彼女が下を見おろすと、ラモンも同じことをしたので、顔を赤くした。

「こんなことは初めてだよ」ラモンが言う。「一度もなかった」

彼は優しく体を動かし、ノリーンが息をのむ声を聞いた。ほほえんで、もう一度体を動かし、ノリーンに口づけをする。欲望は消えていないが、今度はふたりとも先を急がず、ゆっくりと優しいリズムを刻んだ。恍惚の淵にとらわれるとき、ラモンは彼女の瞳をのぞきこんだ。快感が打ち寄せる波のようにラモンを押し流していく。彼は衝撃に打たれ、声をあげて笑った。

ノリーンも声を合わせて笑った。けれども白熱にあおられ、笑いはうめきとすすり泣きに変わった。ノリーンは背中をそらし、待ち受ける彼の体に自分の体をそわせた。そのあいだも心臓が小さく音をたてていた。

それは虹を駆けるような、温かいワインに溺れるような、いきいきした喜びだった。ノリーンはさらにきつく彼にしがみついた。快感には終わりがないようだった。体がこわばり、痛みを覚えたが、あまりに快く、逆らう気にはなれなかった。

やがて疲れきって、力尽きた。ノリーンはラモンから離れ、ベッドに背中をあずけた。快感の余韻にまだ体を震わせている。

ラモンは愛情をこめてノリーンの湿った髪を撫でつけた。「君は欲ばりだね」そうささやくと、彼女にキスをした。

「やめられないの」ノリーンはいたずらっぽく笑った。「あなた、すごくセクシーなんだもの」

ラモンは彼女の下唇を軽く噛んだ。「君もだよ、僕の奥さん」

「初めての体験としては」ノリーンは控えめに喜びを口にした。「最高だったわ」

「そのほめ言葉をそっくりお返しするよ。僕たちはこれで完全にひとつになった。ひとつの体、ひとつの心を持った夫婦になったんだ」

ラモンの唇に手をあてると、彼が唇をすぼめるのが感じられる。「愛しているわ」かすれた声でささやく。「あなた、本当に……？」

「ケリーダ！」ショックを受けたような声だ。ラモンはノリーンの顔をキスでおおいつくした。「よくも僕の気持ちを疑ったりできるね。夫婦なら、あんな特別な行為をするのも当たり前だと思っているのか？」

「そうじゃないの？」

ラモンはノリーンを抱き寄せ、優しく口づけした。「そうじゃない。僕たちは愛しあった。ごらん」

ラモンの手が、まだ彼と結ばれたままのノリーンの体の上をすべった。彼はノリーンの中に喜びの波が広がるのを感じた。

「これが、ほかの人間の一部になるということだよ。肉体の結びつきは特別で美しいものだ。愛しあうというのは、肉体だけでなく、考えも心も魂もひとつになるということなんだ。僕はこういうことをほかのだれとも経験したことがなかった。君とだけだ」

ノリーンは自分がだんだん彼のものになっていくのを感じながら、力を抜いた。歌うような喜びの波が戻ってきて、彼女はうめいた。「愛しているわ」

「僕も心から君を愛している」ラモンはささやいて、彼女にキスをした。体の下にノリーンの体のぬくもりを感じる。彼はノリーンが誘うように腰を動かすのを優しくとめた。

「君は少し休まないと。君の美しい体があふれるほどの喜びを秘めているのはわかっているけどね」

ノリーンはため息をついて、ほほえんだ。「楽しみに水をさすのね」

「とんでもない」ラモンは笑いながら、ノリーンからそっと体を離した。彼女の肩を抱き寄せ、長いため息をついて、カバーを引きあげた。「少し眠ろう。君が休息をとったあとで、また始めればいい」

ラモンは手の下でノリーンの心臓が飛びはねるのを感じた。

「一度破れた心臓にしては強い鼓動だ」

「もう破れていないわ。強くて忠実なこの心臓はあなたに捧げられているの」

「そのはずだ。どれほどすばらしい未来が待ち受けていることだろうね、ノリーン。僕たちは人生の喜びを分かちあえる。神の思し召しにかなえば、家からはみ出るほど子供を持つこともできる。僕の心は喜びではちきれそうだ」

「私の心もよ」ノリーンは彼に寄りそって、目を閉じた。悲しい記憶はすっかり消え、将来への期待だけが残っている。ノリーンは手をラモンの胸に押しあて、彼の力強い心臓の鼓動を感じた。「こんな幸せ、夢見たこともなかったわ」

「僕もだよ。さあ、眠って。喜びや発見のための時間はたっぷりあるからね。君は疲れている。僕は君の面倒をみなければならないんだ」

ノリーンは眠そうな笑顔を見せた。「そして必要な場合には、私があなたの面倒をみるわ」ノリーンは目を閉じた。「どんなにすばらしいクリスマスになることかしら」

ラモンもほほえんだ。「君をリボンで結んで、ツリーの下に置こうかな。だって、君は僕がもらえる最高のプレゼントなんだから」

ノリーンは低い声で笑い、顔をすり寄せた。「愛しているわ」

カーテンを引いた窓の外で、雨がぽつぽつ降っている。しかしノリーンの耳には、窓ガラスをたたくかすかな雨音より、ラモンの心臓の力強い鼓動と自分の心臓のたてる音のほうが大きく響いた。ラモンをこの腕に抱きしめる――人生にこれ以上の喜びはない。ノリーンの破れた心臓は完全にもとどおりになったのだ。

●本書は、1998年9月に小社より刊行された作品を文庫化したものです。

ちぎれたハート

2024年7月15日発行　第1刷

著　　者／ダイアナ・パーマー

訳　　者／竹原　麗（たけはら　れい）

発 行 人／鈴木幸辰

発 行 所／株式会社ハーパーコリンズ・ジャパン
東京都千代田区大手町 1-5-1
電話／04-2951-2000（注文）
0570-008091（読者サービス係）

印刷・製本／中央精版印刷株式会社

表紙写真／© Sundraw | Dreamstime.com

ISBN978-4-596-63929-5